溺愛社
まっすぐすぎる純愛

溺《でき》愛《あい》社《しゃ》長《ちょう》のまっすぐすぎる純《じゅん》愛

名《な》倉《くら》和《わ》希《き》

ILLUSTRATION：兼《かね》守《もり》美《み》行《ゆき》

溺愛社長のまっすぐすぎる純愛

LYNX ROMANCE

CONTENTS

溺愛社長の
まっすぐすぎる純愛

「いい天気だなぁ」

井澄広翔《いすみひろと》は、自宅近くにある、すこし広めの公園に来ていた。

初夏の爽《さわ》やかな風が気持ちいい。木陰でぼんやりするには最適の季節なので、遊歩道に点々と置かれたベンチで寛《くつろ》いでいるのは広翔だけではなかった。老夫婦だとか、読書をしている中年女性だとか、いろいろだ。芝生の広場では、子連れの若い親たちがピクニックシートを広げておやつタイムを楽しんでいる。

みんな、生活の憂いなどないように見えた。自分だけが将来に不安を抱いているように思えてしまうのは、いまの広翔に気持ちの余裕がない証拠だろう。

視線を手元の通帳に落とす。銀行口座の残高は何度見ても変わらない。あたりまえだ。紙に印刷された数字が見るたびに変わっていたら、もうそれはホラーだ。広翔はため息をついて、通帳をショルダーバッグにしまった。そのままぼうっと公園のベンチに座り続ける。

今日は音楽教室のアルバイト代の振り込みがある日だった。先月の稼ぎは、わずか数万円。自宅から大学までの交通費とランチ代に消える額だ。とうてい貯金なんて無理。来年度の学費を貯《た》めたいのに、この調子では危うい。

Ａ４サイズが入る大きさのショルダーバッグを膝に抱えて、広翔は俯《うつむ》いた。この中には今月の課題曲の楽譜が入っている。

広翔は都内にある私立音大ピアノ科三年生だ。自宅には遊戯用に毛が生えたていどの電子ピアノしかないので、練習は主に大学でしていた。練習室は数に限りがあり、完全予約制になっている。今日は他学生との競争に負けて部屋を押さえられなかったので、音楽教室のアルバイトを入れていた。ところが、担当している子供が病欠ということでぽっかりと時間が空いた。

空いた時間に教室のピアノを使わせてもらいたかった。しかし現在の所長は規則に厳しい。半年前に所長が替わり、そうした融通はきかせてくれなくなった。

バイトがなくなったのならさっさと家に帰って、家事をするべきだとわかっている。祖父と二人暮らしだ。祖父は曾《そう》祖父から引き継いだ蕎麦《そば》屋を、ひとりで切り盛りしている。だから広翔は率先して家事をやっている——つもりだ。

「あー……もう……」

家事のことを思うと、ため息が出てしまう。たぶん、自分には家事のセンスがない。

広翔は十八歳のときに両親を交通事故で亡くした。それまでは真面目な会社員の父と専業主婦の母の一人息子として甘やかされて、マイペースにピアノに専念していたから、突然ひとりにされて途方に暮れた。

高校の卒業式を終えたばかりで音大入学が決まっていた広翔は、祖母を亡くして一人暮らしになっていた祖父に同居を持ちかけられた。両親と住んでいた郊外の一戸建ては、一人暮らしには広すぎる。寂しかった広翔は、二つ返事で祖父の家に引っ越した。その際、子供のときに父が買ってくれたアップライトピアノは手放した。祖父の家に入らなかったからだ。無理をすれば入ったのだが、とにかく一人暮らしなんて耐えられない——それだけしか頭になかった。

偶然にも、祖父の家の方が大学に近い。ずっと母親任せだった家事は祖父と分担して、すこしずつ覚えていけばできるだろう。これからは祖父と仲良く暮らしていくんだ、未来は明るい、と楽観していた。

まさか家事にもセンスが必要で、自分にはそれがなかったなんて知らなかった。本物のピアノが自宅にないことが、こんなにも不利になるなんて思わなかった。

祖父は優しい。なにをやっても失敗ばかりの広翔を、祖父は一言も責めない。黙って、広翔の分担まで片付けてしまう。蕎麦屋の仕事もあるのに。協力しあって、支えあって暮らしていきたいと思って同居したはずが、祖父に面倒ばかりをかけてしまっている現状が辛《つら》かった。申し訳なくて、ピアノがない不便さを愚痴るわけにもいかない。そもそも処分を決めたのは広翔だ。

祖父はもともと寡黙なたちで広翔に文句など言ったことがない。けれど内心では、同居は失敗だったと後悔しているのではないか——と、あまりにも自分が至らないのでネガティブなことを考えてしまう。

「お祖父《じい》ちゃん……」

広翔はなにがあろうと祖父の家を出て行くつもりはない。ほかに近い親戚はなく、実質、身内と呼べるのは祖父だけだった。

無口だけど優しい祖父が、広翔は子供のときから好きだった。それに、祖父が打った蕎麦は美味《おい》しい。夕食はまかない飯のようなものを手早く作ってくれるのでありがたい。祖父に後悔されていたらショックだ。もっと頑張《がんば》らなければ。

「ああでも、今日の洗濯当番は僕だ」

洗濯自体は全自動なのでボタンを押すだけだが、広翔は畳むのが苦手だった。掃除も上手《うま》くできない。掃除機をかけることはできても、なにをどう片付けたらいいのかわからないのだ。

「おまけにお金がないなんて、言えないよ……」

学費は両親の保険金で足りる、と同居時には祖父に言っていた。たしかに、そのときは足りる計算だった。お小遣いはバイト代でなんとかして、家事と学業を頑張って両立させて――と脳天気に考えていた自分を殴ってやりたい。

まさかこんなにも音大生活が忙しいなんて。勉強とレッスンでいっぱいいっぱいでバイトなんてちょっとしかできないなんて。そして慣れない家事に、こんなに時間が奪われるなんて。二年以上たってもまだ手際が悪く、苦手意識があるままなんて。

自分の不甲斐《ふがい》なさにメンタルは地味に削られている。

「疲れちゃったかもしれない……」

認めるのは辛いが、疲れた。もっと大変な思いをして生きている人はたくさんいるだろうに、このていどで弱音を吐いている自分が情けない。目の奥がじわりと熱くなってきて、きつくまぶたを閉じた。夕方の公園で泣きべそかいている大学生なんて笑えない。

不意に人の気配がして、広翔は目を開けた。目の前に、白いシャツと紺色の半ズボンを穿《は》いた幼稚園くらいの男児が立って、広翔を見ていた。幼児らしいふくふくとした柔らかそうな頬《ほお》と、黒い大きな目。幼児モデル並みに可愛《かわい》い子だ。

その子は驚いたことに、大型犬を連れていた。お座りしているのに男児とほぼ頭の位置が変わらないくらいの大きな――これはスタンダードプードルという犬種だろうか、茶色の巻毛がふわふわしている犬のリードを、男児が持っている。犬も、茶色い目を広翔に向けていた。口を開けて舌を出し、ハッハッという短い呼吸をしている犬と、たぶん幼稚園の制服姿の男児が、広翔の前にじっと立っているのだ。

「……な、なにかな？」

音楽教室でこのくらいの年齢の子供を相手にしたことはあっても、プライベートで関わった経験はない。こんなときどうすればいいのかわからなくて、気の利いたことは言えなかった。

「あのねえ、ぼくのなまえはヒカルっていうの。6さい。このこはレイコ。3さいのおんなのこ」

男児は勝手に名乗り、犬まで紹介してくれた。

「おじさんはなんていうの？」

「おじさん……」

ちょっとショックを受けてしまった。成人ではあるが、世間的には「お兄さん」と呼ばれる年齢ではないだろうか。幼稚園児からしたら二十歳過ぎはみんな「おじさん」なのかもしれないが。

「すみません」

困惑していたら、横から声がかかった。下げ気味になっていた視界に、ピカピカの黒い革靴が入ってくる。

「うちの子が失礼しました」

大人の男の声だ。視線を上げた広翔は、そこでぽかんと口を開けて唖然《あぜん》としてしまった。初夏の公園よりもオフィス街が似合うスーツのイケメンがいたからだ。

黒髪は緩く撫《な》でつけられていて乱れは一切なく、通った鼻筋も薄めの唇もノーブルな印象しかない。

そのうえ、ものすごく仕事ができそうな目力。どこのウォール街から飛んできたのか。

おまけに広翔がベンチに座っているせいだけでなく見上げるほどの長身で、三十代後半か四十くらいだろうか、メンズモデルのように足が長くて肩幅があって胸板が厚い。ネイビー色のスーツが呆《あき》れるくらいに似合っていた。

カッコいい。だれが見てもカッコいい男の人。百人いたら百人がカッコいいと答えるような人だった。映画のスクリーンから抜け出してきたような、理想的な男の人の出現に、広翔は目が釘付《くぎづ》けになった。

広翔の初恋は小学生のとき、通っていた音楽教室で出会ったバイトの男子大学生だった。子供時代のほのかな恋心をいまだに引きずっている。中学時代に同級生の女の子に告白されて付き合った経験はあるが、手を繋《つな》ぐ止まりだった。友達以上の感情が育たなかったのだ。

それからいままで、だれかと付き合ったことはない。自分のセクシャリティを直視できなくて、目を背け続けている。日々の生活と勉強で忙しいことを言い訳にして。

ひさしく忘れていたときめきに、広翔は座ったまま目眩《めまい》でくらくらした。

「寛いでいたところを邪魔してすみません」

カッコいい人は声までカッコいい。心地よい低音ボイスにうっとりしそうになった広翔の腹が、なんとこのタイミングでググ～ッと鳴った。ギョッとして抱えていたカバンで腹を押さえる。それが刺激になったのか、さらにキュルキュルと第二弾が。

広翔は心の中で悲鳴を上げた。こんなにカッコいい人と幼児の前で腹が鳴るなんて、最低だ。

今朝は寝坊してバナナを一本食べただけで、昼は学食が空くまで大学の図書室でちょっと勉強するつもりがうっかり集中しすぎて午後の講義ギリギリまでそこにいてしまい、食べそびれた。大学を出てバイト先から帰宅する途中、ＡＴＭで通帳記入して残高に打ちのめされ、いま腹が鳴るまですっかり空腹を忘れていたのだ。

恥ずかしくてカーッと顔を赤くした広翔に、ヒカルと名乗った幼児が「おじさん、お腹《なか》空いているの？」と邪気なく聞いてくる。広翔は曖昧《あいまい》に頷《うなず》いた。ここで否定しても強がりが理解できない幼児に不思議がられるだけだろう。

「ねえ、ナオ、どうにかしてあげて」

ヒカルがスーツのイケメンにとんでもないお願いをした。

「そうだな。若者にとって空腹ほど辛いものはないだろう。すこし待っていなさい」

「えっ？」

広翔がなにか口を挟む前に、イケメンはにこりともせず真顔でそう言うとサッと身を翻し、革靴で颯爽《さっそう》と駆けていってしまった。

どこへ行ったのか。子供と犬はあのイケメンの連れだろうに、あっさりと置き去り。

戸惑いいっぱいの広翔に、ヒカルがにっこりと笑いかけてきた。ベンチによじ上ってきて、広翔の横にちょんと座る。レイコはその足下に寝そべった。ひとりと一匹は落ち着いた様子で待機の姿勢だ。

「ナオはすぐにもどってくるとおもうよ」

「……ナオって、君のお父さんじゃないの？」

「おじさんだよ。ママのおにいちゃんなの」

伯父と甥《おい》の関係らしい。「レイコはナオのいぬなの」と付け加えてくれたので、関係がすべてわかった。ヒカルは足をぶらぶらさせながらもう一度尋ねてきた。

「おなまえ、おしえてくれる？」

「井澄広翔、二十一歳だよ」

「ヒロトくんっていうの？　ぼくのクラスにはヒロヒトくんがいるよ。かけっこがはやいの」

「へぇ、そう。僕はあんまり足が速くないな。ピアノを弾くのが他人よりちょっと上手いくらいで」

「ヒロトくん、ピアノがひけるんだ。すごいねぇ」

「そんなすごくない。これだけで生きていけるほどの腕前でもないし……」

　実力は自分が一番よく知っている。広翔にはピアニストとして生きていけるほどの腕はなく、意欲もない。腕を磨くために高名なピアニストにレッスンを頼めるほどの資金力もない。箔《はく》をつけるための国際コンクールに挑戦するには大学の推薦が必要だったりするが、地味な存在の広翔は教授たちに取り入るコミュニケーションスキルもなかった。

　四年で卒業してピアノの講師か音楽教師になりたいという、ささやかな願いを胸に抱えているだけだ。それすらもかなないそうにない現実を思い出し、広翔はため息をついてしまった。

「おなかがすきすぎて、かなしくなっちゃったの？」

ヒカル自身が悲しそうな顔になって、広翔の手をぎゅっと握ってきた。食事を抜いたせいで低血糖になっているのかもしれない。いつのまにか手がすごく冷えていて、ヒカルの手の温かさがじんわりと染みてきた。

「あ、ナオがもどってきたよ」

ヒカルの視線を追って振り向けば、スーツのイケメンがコンビニの白い袋を揺らしながら駆けてくるところだった。レイコがすっと立ち上がり、ご主人様の前でお座りの体勢になる。イケメンははぁはぁと肩で息をしつつ、「ほら」と袋を広翔に差し出してきた。

反射的に受け取って中身を見てみると、おにぎりと菓子パン、紙パックの牛乳が入っている。

「どうせ昼飯を抜いたんだろう」

イケメンはくだけた言葉使いに切り替えてきた。絶対に年上だと思うので丁寧に話しかけられるより気が楽だ。それにこっちのしゃべり方のほうがカッコいい。

「とりあえずエネルギー源になる炭水化物を摂取しろ。それと水分。水かお茶か迷ったが、見たところ二十歳そこそこだろ、牛乳にした。こっちの方が体にいい」

驚きのあまり動けないでいると、ヒカルが横から「たべていいよ」と囁《ささや》いてきた。

食べていいと言われても――。

わざわざ広翔のためにイケメンが走って買ってきてくれたのはわかるが、見ず知らずの若者にここまでするなんて、いったいなぜ。そんな当然の疑問が顔に出ていたのか、イケメンがネクタイを緩めながら息を整え、「他意はない」と言った。

「さっさと食べろ。腹が減っているんだろう」

「でも……」

「たべてよぅ。ぼくがナオにおねがいしたんだから」

「それは、ありがとう。だけど――」

「顔色が悪いように見える。子供の前で倒れられたら迷惑だ」

たしかにそうだ。イケメンはまちがったことを言っていない。それでも躊躇《ためら》っていると、ヒカルが服を引っ張ってきた。

「あのね、ナオはひとにごはんをたべさせるのがすきなの。だから、たべて？　たべるまで、きっとしつこいよ」

　にこにこと笑いながらヒカルはかなり伯父を貶《けな》している。しかし言われているイケメン伯父は、その通りだと言わんばかりに仁王立ちで広翔をじっと見下ろしていた。

　仕方なくおにぎりをひとつ取り出して、ぺりぺりと包装を剝《は》がし、おずおずと齧《かじ》り付く。包装をよく見ていなかったが、具は広翔が好きな鮭《しゃけ》だった。一口食べてしまうと、米の甘みと鮭の風味、ほのかな塩気が美味しくて、あっというまにひとつ平らげてしまう。ふたつ目はこんぶだった。これもぺろりと食べてしまい、カレーパンに手を伸ばしたところでハッと我に返る。

　視線をめぐらすと、ヒカルとイケメンが広翔の食べる様子をガン見していた。ヒカルは笑顔で、イケメンは怒っているような真剣な顔で。

　遠慮していたくせに夢中になって食べてしまったことが恥ずかしく、広翔はカレーパンを袋に戻した。

「どうした、もう食べないのか。カレーパンは嫌いだったか」

「いえ、好きです。でもあの……」

「だったら食べればいい。甘いものもあった方がいいかなと思い、チョコクロワッサンも買ってきたぞ」

袋を覗《のぞ》くと一番下にチョコクロワッサンがたしかにあった。

「カレーパンを食べろ」

「……はい」

イケメンは人に命令し慣れているのか、威圧的でありながらも嫌みなところはなく、なんとなく従ってしまう。広翔はカレーのスパイシーさと揚げパンの香ばしさを味わった。

「牛乳は飲まないのか。食べるだけでなく、きちんと水分を摂《と》れ」

「はい」

紙パックを取り出して付属のストローを刺し、一口飲んだ。ずっと水分を摂っていなかったせいか、これもまた特別に美味《うま》く感じて一気に二百ミリリットルを飲んでしまう。

「チョコクロワッサンは？」

「もうお腹いっぱいです」

これは嘘《うそ》ではない。もともと広翔はそれほど大食漢ではないのだ。身長は百六十五センチしかないし、体重は五十キロそこそこ。ピアノを弾くための筋肉しかない、わりと貧弱な体型をしている。

「チョコクロワッサンは、明日のおやつにいただいてもいいですか」

「もちろん。すべて君のために買ってきたものだから、好きにしたらいい」

「それで、これ全部でいくらでした？　払います」

広翔がバッグから財布を出すと、イケメンが眉間に皺《しわ》を寄せた。

「学生から金を取るつもりはない」

「僕、学生だって言いましたっけ？」

「ちがうのか？」

「いえ、大学生です」

平日の夕方、まだ五時前に半袖柄シャツとジーンズで公園のベンチにいる若い男を、会社員だと思う方が変かもしれない。

「僕が食べたものですから、払います。通りすがりの人に奢《おご》ってもらう理由がありませんし」

「たいした金額じゃない」

「だったら余計に払わせてください。レシートは？　ありませんか？」

相手がカッコいいイケメンだからこそ、広翔はちょっとばかり意地になった。理由なく施しを受けるほど、まだ落ちぶれてはいない。

「おにぎり二個と菓子パン二個と二百ミリリットルの牛乳一本だと、六百円から七百円ってとこですよね？」

おにぎりとパンの包装は袋に戻したから、値段を見ればすぐわかる。

「払います」

「……頑固だな」

ぽつりと呟《つぶや》き、イケメンがポケットからレシートを出した。予想の範囲内の金額。すぐに財布を開けたが、なんと、四百二十二円しか入っていなかった。

そういえば、今朝の段階で所持金が少ないことに気付いていた。けれど昼食は学食の税込み三百円のうどんを食べ、途中で喉が渇いたら構内の自販機で百円の水を買えばいいと思っていたのだった。それで帰り際に銀行のＡＴＭでお金を下ろそうと考えていたことを、すっかり忘れて通帳記入だけしてきてしまった。

二百円以上も足らない。これはいけない。

広翔は財布をバッグにしまい、ベンチから立ち上がった。

「すみません、あの、お金が足らないのでどこかで下ろしてきていいですか。ここで待っていてもらえば、すぐに戻ります」

「数百円のために？　だから最初からいらないと言っているのに」

「いえ、ダメです。払います」

「……一番近いコンビニのＡＴＭは、さっき点検中だったぞ。はじまったばかりのようだから、まだ終わっていないだろ」

「えっ、それじゃあ、家まで取りに戻ります」

自宅はここから徒歩五分くらいの古い商店街の中にある。祖父の蕎麦屋の奥と二階が、住処《すみか》だ。自分の部屋に大金は置いていないが、小銭ばかりを入れた、どこかの粗品の貯金箱がある。そこから出せばいい。

「家は近いのか」

「歩いて五分くらいです。急いで行って帰ってくるので十分ほど待っていてもらったら——」

「ついていってもいいか」

イケメンの一言で、ヒカルがベンチから下りた。レイコも立ち上がり、二人と一匹が並ぶ。いつでも移動できますよ、といった体勢になった。すごいチームワークだ。まだ広翔が返事をしていないのに。

「俺は立石尚行《たていしなおゆき》という。光流《ひかる》の伯父だ。見ての通りの会社員で、あやしい者ではない」

「そうだよ。ぼくたちあやしいものじゃないよ」

真顔のイケメンと無邪気な笑顔の幼稚園児、そしてつぶらな瞳の大型犬。

二人と一匹の無言の圧に、広翔は「じゃあ、行きましょうか……」と言うしかなかった。

◇

尚行は自社ビルの社長室で、営業部長から報告を受けていた。

「だいたいのことはわかった。引き続き、立ち退き交渉を続けてくれ。あくまでも穏便に、な」

「わかっています」

深々と頭を下げた営業部長のやや薄くなった頭髪をちらりと見て、尚行は頷《うなず》いた。営業部長が静かに社長室を辞していってから、尚行はあらためてデスクに広げた書類を眺める。数枚の紙には、都内某区の古い商店街の地図と店舗のリスト、そして立ち退き交渉によってどのように予算が使われているかといった数字が書かれていた。

　店舗リストには赤丸と白丸、三角が書きこまれていて、商店街の地図にも赤丸がしてある。立ち退きに応じていない店だ。

「八割方は交渉に応じたんだな？」

　かたわらに立つ秘書の菱田《ひしだ》に問いかけると、彼は「はい」と頷いた。

　大規模な都市開発事業がいくつも同時進行しているので、尚行は確認と補足説明を求める。

「このハッピーグッド商店街は全長三百メートルの小規模な商店街です。店舗数は五十。そのうち約六割の三十一店舗がすでに立ち退き交渉に応じはじめています」

　三十五歳の尚行よりも三つ年上の菱田は、先代社長の頼りない経営を支えたブレーンのひとりだ。外見は今時のスタイリッシュなビジネスマンなのに、会社にすべてを捧げているような古くさい侠気《おとこぎ》を内に秘めている。今日もファッションは完璧で、一ミリも隙のないオーダーのスーツをぴしっと決め、洒落《しゃれ》たネクタイを締めていた。手入れされた爪を見せながら、菱田は手元のタブレットをスマートに操作する。

「ハッピーグッド商店街なんて、ずいぶんなネーミングセンスだな」

「仕方がありません。そう名付けられたのは戦後すぐです。大正《たいしょう》時代末期に造られたときは、幸福《こうふく》商店街という名前だったそうです。関東大震災後に建設され、先の戦争では焼失を免れました。それがハッピーでありグッドだったようですね。立ち退き交渉ですが、残りの十九店舗のうち十店舗は近いうちに応じそうな雰囲気だということなので、問題は九店舗ですね」

　それが赤丸をつけられている店舗だ。白丸は交渉済み、三角がもうすぐ落ちそう、というわけか。

「八百屋、惣菜《そうざい》屋、蕎麦屋、靴屋、金物屋……すべて商店街設立当時からの店か」

「そうです。三代目か四代目が現在は経営しています。彼らの自宅は店舗の二階ですから、ここで生まれ育っています。全員が幼馴染《おさななじ》みで、戦争や不況をともに乗り越えてきた戦友のようなものなんでしょう。絆《きずな》が強く、なかなか頑固なようです」

「なるほど」

「しかしアーケードの老朽化と、店主たちの高齢化により、十年ほど前から半ばシャッター街と化していました。五十店舗のうち、三割の十五店舗は昨年末の時点ですでに廃業しており、商店街は寂れた雰囲気が漂っています。そのせいか客足は減り続け、残っている店舗は赤字経営を余儀なくされているでしょう。しかし立地がいいので、再開発すれば人はおのずと戻ってくると踏んでいます」

　尚行は総合デベロッパー「花角《はなかく》不動産」の社長だ。花角不動産の年間売上は、日本国内の総合デベロッパー部門では十位以内に入る。創業者は尚行の祖父・信彦《のぶひこ》で、設立から七十年たった。旧財閥系ではない歴史の浅い親族経営の会社にしては大きい方だろう。祖父には商才があり、運を引き寄せる力もあった。一代で財を成したのだ。

　その会社を、尚行は五年前、三十歳のときに引き継いだ。二代目社長だった父・雅彦《まさひこ》は凡人で社長業が重荷だったのだろう、六十歳という若さで勇退し、元アイドル歌手という経歴の持ち主である母と二人でのんびりハワイ暮らしだ。

すべてを丸投げされた尚行だが、とくに不満はない。仕事はやり甲斐があり、毎日が刺激的だ。難題にぶち当たっても、それをどう攻略していくか考えるのは苦痛ではないし、むしろゲームのようで楽しい。周囲の者たちは口を揃《そろ》えて、尚行の商才は創業者の祖父から隔世遺伝していると言う。たぶんそうなのだろう。祖父との思い出はすくなく、尚行自身にはその実感は薄いが。

ただ才能を引き継いではいても企業経営の仕方はまるでちがう。ワンマンですべてに顔を突っ込み、口を出さずにはいられなかった祖父は強引で敵も多かったそうだ。尚行は社員たちを信頼して任せられるところは任せ、自分のプライベートも大切にしていた。隔世遺伝で祖父に似てはいても、天然系と呼ばれた母の血も流れているせいだろう。

「こちらが問題の店舗の経営者とその家族です」

経営者だけでなく家族の写真まで用意している菱田に、悪意はない。すべて会社のために動いている。紙にプリントアウトした写真がずらりと並べられた。

それを尚行は順番に見ていく。年寄りばかりで若者はほとんどいない。高齢化のため満足に働けず、開店休業状態の店もあるという。それでも立ち退きたくないのは、慣れ親しんだ場所から動きたくないという心理だろう。もう何件も再開発を手掛けてきて、尚行もそのくらい予想がつく。

年寄りばかりの中、ひとりだけ若い男がいた。隠し撮りの写真は横顔で、鼻筋が通っているのがよくわかる。伏せた目の睫毛《まつげ》が長く、可愛い顔をしていた。

じっとその男を見ていると、菱田が気付いて「それは蕎麦屋の孫ですね」と教えてくれた。

「蕎麦屋の主人は井澄茂則《しげのり》、七十七歳。二代目です。夫婦二人で経営していましたが、四年前に妻が死去。その一年後に孫が同居しました。息子夫婦が事故で亡くなり、遺《のこ》された孫を引き取ったかたちになります。孫はそのとき高校三年生で、音楽大学への入学が決定しており、祖父宅からの方が通学に便利だったようですね。現在、蕎麦屋の住居部分で二人暮らしです」

「孫の名前は？」

「広翔といいます。広場の広に、飛翔《ひしょう》の翔で、広翔」

「広翔……」

いい響きの名前だな、と思いながら、横顔の写真をまたじっと見つめる。なぜか気になって、目が離せない。

「それでこの広翔という孫は蕎麦屋を手伝っているのか？」

「いえ、それはないようです。孫は音楽教室の講師のアルバイトをしています。蕎麦屋は店主がひとりで切り盛りしているので、席数を制限してなんとか回している状態です。そのため売上は落ち、かろうじて赤字が出ていないレベルの状況だと思われます」

「そうか、蕎麦屋の手伝いはしていないのか」

では蕎麦屋に客として行っても広翔には会えない。

「……社長、蕎麦屋の孫がなにか？」

「いや、なんでもない」

「なにか気になることでも？」

「だからなんでもないと言っている」

「……そうですか」

納得していない口調で引き下がった菱田に、尚行は「本当になんでもない」と念を押した。なぜ気になるのか、自分でもわからないからだ。

「それで、立ち退きの条件は、いつも通りか？」

「いつも通りです。悪くありません。あたらしく建設したビルには優先的にテナントとして入ることが可能ですし、その場合のテナント料は破格です。住居の引っ越しにかかる諸費用はこちらが負担します。すべて立ち退き料とは別です」

「ふむ、悪くないな。それでも立ち退かないわけだ」

「そうです。立ち退き料をつり上げるつもりではないと思うので、信頼関係を築けるよう、地道な交渉を続けていくしかないと思われます」

「そうだな。強引にことを運んでしまい、なにか問題が起こっては困る」

かつては反社会的組織に依頼して、かなり強引な手法で立ち退かせることがあった。そうしたやり方は時代にそぐわないし、世間に花角不動産の悪評を広めるだけだ。長い目で見ると得策ではない。

尚行は卓上の置き時計に目をやり、午後三時半になっているのを見て立ち上がった。

「もう出る時間だ」

「あ、本当ですね。すぐ車を回します」

菱田が内線電話で秘書室に「社長の送迎車を正面玄関前に」と頼んでいるのを横目に、尚行は脱いでいたスーツの上着を着た。プライベート用の携帯電話をポケットに入れる。

ふと広翔の写真に目が吸い寄せられた。手に取って、もう一度じっくりと眺めてみる。なんとなく、それも上着のポケットに滑りこませた。

「社長、もう出られますか？」

菱田がタブレットを小脇に抱え、社長室のドアを開けながら振り返る。「出られる」と返事をしながら社長室をあとにした。

尚行の本日の勤務時間は終了した。出張や海外との会議など、どうしても動かせない予定が入らない限り、尚行の勤務は基本的に午前九時から午後三時だ。甥の光流を預かっており、幼稚園への送迎をしなければならないからだった。

昼休憩を一時間取るので、実働は五時間だ。けれどこの働き方で困ったことはない。尚行は驚異の集中力を発揮して、五時間で自分の仕事をすべてやり終える。そのあとは、可愛い甥を幼稚園まで迎えにいき、自宅マンションに連れ帰って至福のふれあいタイム。尚行手作りの美味しいご飯を食べさせるのが日課だ。

エレベーターを下りてエントランスを通り抜けると、自社ビルの正面玄関には、黒塗りのセダンが停車していた。運転席に菱田が座り、尚行は後部座席に乗りこむ。

「では、出発します」

毎日通う道を、菱田は安全運転で進んだ。自社ビルから幼稚園までは車で十五分ほど。歴史ある名門私学の付属幼稚園だ。かつては尚行もここに通った。

　高級車がずらりと並ぶ幼稚園専用駐車場に着くと、警備員が空きスペースに誘導してくれる。車の中に菱田を待たせ、尚行は建物に入った。玄関は迎えにきたほかの保護者と子供たちで、いささか混雑していた。

「あら、立石さん。こんにちは」

　顔見知りの保護者がにっこりと挨拶してくるので、尚行も軽く会釈を返す。迎えはほとんどが母親なので尚行は目立つようだ。

「光流くんの伯父さん、こんにちは」

「こんにちは、立石さん、いつも大変ですね」

　あちらこちらから声がかかり、なかなか奥まで進めない。

「ナオ！」

　元気な声で呼ばれて振り返ると、甥の光流が満面の笑みで廊下を駆けてくるところだった。迎えにきてくれてありがとう、嬉《うれ》しい、と全身で表現している光流が、たまらなく可愛い。勢いよく突進してきた光流をがっしりと受け止め、よしよし落ち着けと背中を撫でてやる。こうした対応は自宅で飼っている犬のレイコにするのとおなじだ。

「ナオ、あのね、きょうね」

「ちょっと待て」

　さっそく一日の出来事を話しはじめた光流をいったん制し、尚行は担任の幼稚園教諭に挨拶した。

女性教諭は二十年の経験があるベテランで、昨年度から引き続き光流を受け持っている。立石家の事情を理解してくれているので安心して任せられる人だった。彼女から光流の園内での様子をかいつまんで聞き、「また明日」と手を振りあって玄関を出た。駐車場は危ないのでしっかりと光流の手を摑《つか》み、車まで移動する。

「ひしださん、ただいまー」

「はい、おかえりなさい」

運転席の菱田に声をかけ、光流は後部座席に座った。尚行がシートベルトを締めてやる。

「あのね、ひしださん、ぼく、ナナコちゃんとなかよくなったんだぁ」

「そうですか。それはよかったですね」

適当に相槌《あいづち》を打ちながら菱田が車を駐車場から出した。

「ナナコちゃんってね、おめめがぱっちりしていて、まつげがながいの。ずかんでみたラクダみたいにながくて、すごいの」

「ラクダみたい、という言葉はナナコちゃんに言わない方がいいと思いますよ。女の子は動物に例えられるのを好みません」

「あ、そうなの？　じゃあいわない」

素直で単純なところが光流の美点だと思う。

（睫毛か……）

尚行は横顔の盗撮写真を思い出した。ポケットからそっと取り出し、蕎麦屋の孫の写真をじっと見る。さっきは可愛い横顔だな、くらいにしか思わなかった。しかしいまあらためて見てみると、憂いを含んだまなざしには、色気のようなものが感じられる。

「ナオ、それなに？」

　となりから光流が写真を覗きこんできた。

「おまえの知らない人だ」

「そうだね、しらないひとだ。どこのひと？」

「蕎麦屋の孫」

　答えたところで「えっ」と菱田が振り返る。尚行が手にしている写真を見つけて目を丸くした。

「おい、運転中だろ。余所見《よそみ》をするな。危ない」

「その写真、持ってきたんですか。どうして持ち出したんですか。無許可で撮影したものですよ。もし本人に知られたら――」

「マズいだろうな」

「持ち出したのはそれ一枚だけですか」

「これだけだ。なんとなく……」

　上手く説明できない。持っておきたい、と思ってしまったのだ。

「まさか社長、その青年に興味を抱いてしまったんですか」

「興味って？」

「私は社長が男もイケることを知っていますよ」

「んー……そこまでは考えていなかった」

「本当ですか」

「なんとなく気になっただけだ」

写真をポケットに戻す。菱田が物言いたげにチラチラと視線を寄越してきたが、尚行は無視した。

たしかに尚行は男とも付き合ったことがある。過去の恋人のほとんどは女だったが、基本的に来る者拒まず去る者追わずなので、男に誘われて何回か寝てみただけだ。

尚行が抱く側だったからか、とくに感銘は受けなかった。こんなものか、と思っただけで終わった。現在は特定の恋人はいない。光流の世話でプライベートが忙しいからと、三十歳を過ぎたら下半身の暴れ馬がすこし落ち着いたからだ。

三年前、妹が離婚したときから、全面的に甥の面倒を引き受けている。妹の歌織《かおり》は十代のころからモデルとして仕事をしており、妊娠出産を経てもそれは変わらず、離婚後は精力的に海外にも進出しはじめた。尚行は妹には好きなように、バリバリと仕事をしてほしいと思っている。家事全般が得意なので、光流の世話はまったく苦ではない。

できるなら光流を自分の籍に入れてしまいたいほど愛しているが、それは歌織が許さないだろう。歌織は一年の半分以上を海外で過ごし、離れて暮らしながらも、光流を溺愛している。ただ仕事をし続けていないと死ぬという不治の病にかかっているだけだ。そういうところは祖父に似たのかもしれない。

「ナオは、そのひとのことがきになるの？」

光流が尚行のポケットを指さした。「まあな」と答え、ポケットを手で押さえる。

「どこにいけばあえるの？　ぼく、あってみたいな」

無邪気に光流が要求してきた。子供らしさ全開の笑顔だが、それに騙されてはいけない。光流は幼稚園年長の六歳。来年四月からは小学生になる。このくらいの年齢になった子供は大人の会話をほとんど理解できるし、裏を読んだりお世辞を言ったりすることもできるのだ。もちろん、いつもそばにいる尚行の心理を読もうともする。

尚行がまだはっきりと「会いたい」とまでは思っていないのに、光流は「きっと会いたいだろう」と考えて口にしたのだ。尚行は一瞬迷ったが、乗っかることにした。

「……そうだな、会いにいってみようか」

「社長、なにを言っているんですか」

菱田が慌てたが、尚行は光流と相談を開始した。

「ハッピーグッド商店街というところにある蕎麦屋に住んでいるはずだ。行ってみよう」

「おそばやさん？　たべにいくの？」

「いや、いまの時間は中休みかもしれないな。営業時間は調べてみないとわからない。とはいえ夜にまた出直すのは、おまえのタイムスケジュールを狂わせてしまう」

できるだけ規則正しい生活を心がけているのだ。幼児にとっては一番大切なことだと思っている。

尚行が手作り料理を食べさせているので光流の外食の機会はそう多くなく、するときはできるだけ早い時間に帰宅できるように計画的に実行している。

「んー……とりあえず行ってみるか。どんな商店街なのか視察だ」

「やめてください。社長の顔を知っている住民がいるかもしれないでしょう。なにをしにきたのかと変に勘ぐられると面倒です」

「こっそり行くさ」

「無理です。社長は目立ちます」

「ねえ、レイコちゃんにいっしょにいってもらったらどうかな。おさんぽちゅうですよーって、かんじで」

光流の提案に、尚行は「それもありかも」と膝を叩《たた》いた。

「さすが俺の甥だな、光流。それは名案だ」

「あなたたち、いい加減にしなさい」

菱田が苛立《いらだ》った声を出したが後部座席には届きにくい。

レイコは尚行の飼い犬だ。自宅マンションでいまごろは飼い主の帰りを待っている。三年前、偶然にも通りかかったペットショップで、売れ残って半額になっていたスタンダードプードルの子犬と目が合った。トイプードルとちがい、スタンダードプードルは大型犬だ。生後半年にもかかわらず、その子犬は中型の成犬ほどの大きさになっていた。生き物を半額セールにするとは何事だ、と尚行はにわかに博愛主義になり、衝動買いした。それがレイコだ。

飼ってみるとスタンダードプードルは賢く、光流のよい遊び相手になった。当時、離婚によって父親と離されたばかりの光流は心細さをレイコで補っていた。以来ずっと、光流とレイコは親友だ。もちろん尚行とレイコもラブラブだ。

「レイコちゃんがいっしょなら、きっとあやしまれないよ。だれとでもなかよくなれるし」

光流の根拠のない自信に、尚行もつられた。

「よし、採用」

「社長ぅ～」

「菱田、自宅に寄ってレイコを連れ出したあと、ハッピーグッド商店街まで俺たちを運んでくれ」

「立ち退きで揉《も》めている相手に会ってどうするんですか」

「揉めているのは彼の祖父だろう。それに、おまえが心配するほど俺の顔を知るものはいないんじゃないか？　孫はぜったいに俺のことなんか知らないね」

楽観的すぎるだろうか。けれど尚行の勘では、広翔は立ち退き問題にタッチしていないように思うのだ。彼は大学生で、外でアルバイトをしている。蕎麦屋の手伝いはしていないらしい。同居をはじめたのも三年前で、あの商店街で生まれ育ったわけではない。

「ちょっと商店街をブラつくだけだ。運よく孫に会えたらいい、という程度だから」

「ああもう、わかりましたよ。言い出したら社長は聞きませんからね。じゃあ、蕎麦屋の孫がもし社長の顔を知っていて、接触してきたことに警戒したら、すぐに退散してください。いいですね」

「わかった」

そうして尚行と光流はレイコを連れてわざわざ出かけることになったのだ。

そして非常に運よく、広翔と出会うことができた。犬の散歩を装ってはどうか、という光流の提案を採用してよかった。

はじめて生で見た広翔は、写真よりもずっと頼りない印象だった。憂いを含んだ横顔もじゅうぶん儚《はかな》げだったのに、それ以上に影が薄い。このまま公園の木と同化してしまうのではないか、日暮れとともに消えるのではないかと不安になるほどだった。

けれどしゃべった声ははっきりしていたし、元気よく腹の虫が鳴った。

腹が減っているのか、それは大変だ、と尚行はにわかに使命感にかられた。空腹の人間を前にすると、尚行はなにかを食べさせたくてたまらなくなるのだ。あいにくと外なので調理はできない。光流に「どうにかしてあげて」と言われたこともあり、コンビニまでひとっ走りした。

広翔は尚行が買ってきたおにぎりとパンを美味しそうに食べた。小動物が懸命に口に食べ物を詰めこんでいるようで非常に微笑《ほほえ》ましい。

腹が満ちたのならば尚行はそれで満足なのに、広翔は代金を返すと主張した。しかし現金の持ち合わせがないから自宅まで取りにいくと言う。公園で待っている時間がもったいない。ついていけば、それだけ広翔といっしょにいられるではないか。食べたせいで顔色がよくなった広翔が、尚行たちに向けてどんな言動をするのか非常に楽しみなので、ついていくことにした。

「僕の家は、商店街の中にあるんです」

広翔の案内で住宅街を進む。アーチ型の看板に「ハッピーグッド商店街」と書かれたところに着いた。菱田に聞いていた通り寂れた雰囲気が漂っていた。時刻は夕方の四時半過ぎ。普通なら夕飯の買い物客で賑《にぎ》わう時間帯だろうに、アーケードを行き来している客は数えるほどだ。シャッターを閉めたままの店舗が多いのも、寂しさに拍車をかけている。そのおかげか、毛色のちがう尚行たちを物珍しげに眺めてくる人はいない。

　蕎麦屋は扉に「本日休業日」の札がかかっていた。

「あ、そっか、今日は休みだった。だからお祖父ちゃん……」

　広翔は札を見てなにかを思い出したようだ。

「祖父は留守みたいなので、えっと……上がってもらうのはマズいかもしれません」

　この家は広翔のものではない。祖父の留守中に知り合ったばかりの男と子供と犬を入れるわけにはいかない、という判断は正しい。しかし残念だ。いや祖父の茂則が在宅だったら尚行は正体を暴かれていたかもしれず、なんとも言えない。

「住居の玄関は裏にあるんです」

　広翔のあとについて細い路地を進み、玄関らしき扉にたどり着く。鍵でロックを解除し、「お金を取ってくるので、ちょっと待っていてもらえますか」と言ったときだった。

「あっ」

　光流が両手で股間を押さえた。もじもじと足を動かして、上目遣いで尚行を見てくる。

「どうしよう……おしっこ……もれちゃうかも」

　それは大変だ。外出中にこんな危機的状況に陥ったことはない。光流はいつも移動前にトイレを済ませるからだ。そして外で尿意を覚えたとき、ちゃんと漏れそうになるまえに公衆トイレなりコンビニのトイレなりを探して用を足す、賢い子だ。

幼稚園からただちに自宅に帰らず、レイコをピックアップして移動したのがいけなかったのだろうか。おろおろする尚行のまえに、広翔が屈《かが》みこんだ。光流と目を合わせる。

「ヒカルくん、もうちょっと我慢できる？　家のトイレを使っていいから、おいで」

「いいの？」

「いいから、早く」

広翔が素早く対応してくれて、尚行はホッとした。広翔に手を引かれて玄関の中に入っていく光流がちらりと尚行を振り返る。ニコッと余裕の笑みを見せたことで、漏れそうなのは芝居だとわかった。

（すごいな、光流！）

尚行は感心しながらどさくさに紛れて玄関の中に入った。もちろんレイコも。狭い玄関は図体のデカい男ひとりと大型犬一匹で満杯になる。

尚行は玄関から見渡せる範囲をぐるりと見回し、ここでの暮らしを想像した。高齢の祖父と学生の孫の二人暮らしだ。茂則にとってはたったひとりの孫。一人息子が大切に育てた唯一の孫はピアノが上手で、音楽大学に通っている。広翔はどんな音を奏でるのだろう。仕込みの時間、孫が弾くピアノを聞きながら、茂則は蕎麦を打っているのだろうか。

（いいな……俺も聴きたい）

広翔が生み出す音を聴いてみたい。お願いしたら一曲くらい弾いてくれるだろうか。

奥の方でジャーッと水が流れる音がした。光流のトイレが済んだらしい。

「あの、立石さん」

しばらく待っていたら、広翔がひとりで玄関に戻ってきた。

「ヒカルくんが喉が渇いたって言うので、ジュースをあげようと思うんですけど、アレルギーとかってあります？」

「アレルギーはない。なんでも美味しく食べられる子供だが、図々しくてすまない」

「いえ、親切にしてもらったからこのくらい……。あの、狭くて古い家ですけど、立石さんもどうぞ。冷たいお茶でも」

「ありがとう」

尚行は躊躇《ちゅうちょ》することなく革靴を脱いだ。光流のおかげで祖父の留守中に客を家に上げることへのハードルが下がったようだ。

レイコには「ここで待っていてくれ」と言っておく。仕方がないな、といった顔になったレイコはお座りの体勢から足を崩し、コンクリートのたたきに寝そべった。若干丸くなったのでギリ、スペースが足りた。

井澄家は玄関を入ると短い廊下があり、すぐに居間らしき一室になる。冬はこたつになると思われるローテーブルで、光流は座って待っていた。尚行は角度的に広翔が見えない場所で「グッジョブ」と親指を立てて見せる。光流はうふっと可愛らしく笑った。

井澄家の居間はものが多かった。年寄りの住まいとは、こういうものだ。何十年も生きていれば思い出の品が多くなり、それらをすべて無秩序に並べたくなる。テレビ台の上には土産物らしき赤べことこけし、寄せ木細工の箱が並び、古い結婚写真と広翔の子供のころらしい運動会の写真も飾られている。鴨居《かもい》の上に並んでいるのは賞状か。広翔のものが多かった。書道の展覧会で賞をもらったり、地区のピアノコンクールで受賞したりしたときのもののようだ。

つい舐《な》めるように見ていた尚行に、「恥ずかしいのであまり見ないでください」と広翔がお茶を運びながら言ってくる。素朴な木の盆に緑茶が入ったガラス製の湯飲みと、プラスチック製らしきコップにオレンジジュースが入ったものが乗っている。

ローテーブルの横に膝をつき、広翔は照れくさそうに目を伏せてコップを光流の前に置いた。

「僕の祖父が勝手に飾ったんです。たいした賞じゃないんだからって、何度も言ったんですけど」

「孫は可愛いものだ。とくに君のような孫なら、特別に可愛いだろう」

湯飲みを持つ手が一瞬震え、広翔がほんのりと頬を染めて尚行を見上げてくる。その目は驚いたように丸くなっていて、とても可愛らしかった。二十歳を過ぎた男にあまり抱く感想ではないかもしれないが、尚行はそう思った。

掠《かす》れた声で「どうぞ」と置かれた湯飲みの場所に、尚行はおとなしく正座する。

「あの、暑いでしょう？　上着を脱いでください」

広翔がエアコンのリモコンを手にして、スイッチを入れた。年代物らしいエアコンは、ゆっくりと稼働する。尚行は暑さなど忘れていたが、せっかく気を遣って言ってくれたのだからとスーツの上着を脱いだ。

それを広翔が受け取り、ハンガーにかけて籐製の衝立《ついたて》に引っかける。その横に、電子ピアノが置いてあることに気付いた。子供のオモチャに毛が生えた程度のものだ。

「あのピアノは君のものなのか？」

「ああ、はい、僕のものです」

そう答えた広翔の目にふっと影が差す。まさか音大ピアノ科の学生が、この電子ピアノで練習しているなんてことは――と疑惑が浮かぶ。あきらかに小さい。クラシックを弾くには鍵盤が足らないのではないだろうか。音楽に造詣が深くない尚行ですら、そのくらいのことはわかる。たぶん本物のピアノは二階にあるのだ。

「子供のころからピアノを習っていたようだが、いまでも続けているということか？」

「ええ、まあ、そうですね。ちょっとだけ」

ちょっとだけのはずはない。広翔が在籍している音大は国内最高峰ではないが、過去に何人もプロの音楽家を輩出しているところだ。実技試験がある受験戦争を勝ち抜くためには、そうとうの努力が必要だっただろう。

けれどここでそこまで言及することはできない。広翔から触れてほしくないオーラが出ていた。

「あの、お金を取ってきます」

広翔は居間を出て、階段をバタバタと上がっていく。二階に自室があるのだろう。すぐに戻ってきて、尚行に百円玉をいくつか差し出してきた。

「これで足りると思います」

無言で受け取り、ポケットに入れる。小銭のことはどうでもいい。広翔と会話がしたい。

「ここの蕎麦屋は君のお祖父さんが経営しているのか」

「そうです。祖母は四年前に亡くなっているので、僕と二人暮らしです」

「君は通学のためにここに下宿しているのか？」

事情をすべて知っていることは明かせない。尚行の質問に、広翔が「いいえ」と否定した。

「僕の両親は三年前に事故で亡くなりました。ひとりになってしまったので、祖父の家に越してきたんです。通学に便利だったというのもありますけど、どうにも一人暮らしができなくて……。いい年して寂しがり屋なんです」

照れくさそうに笑った広翔の顔が、尚行の胸にトスッと刺さった。くらりと目眩《めまい》を覚えたのは、なにかの毒が回ったからだろうか。

「男所帯なので散らかっていてすみません。家事は祖父と分担してやっているんですけど、本当に、その、僕は片付けとか掃除が苦手で……というか、家事全般が苦手なんですけど」

広翔が背中を丸めて切ないため息をつくから、尚行の胸がトゥクンと鳴ってしまう。

「俺は家事が得意だ」

「そうなんですか、すごいですね」

「掃除も炊事も洗濯もなんでも得意だ。菓子も作れる。だから妹は俺に光流を預けている」

「それは本当にすごいです。僕も見習いたいです。これでも頑張っているんですけど、どうにもセンスがないみたいなんですよね」

「そんなもの、できる者がやればいいんだ。どれ、俺がすこしやってやろう」

立ち上がりながらワイシャツの袖をめくったら、広翔が「えっ？」と声を上げる。驚くのではなく喜んでほしい。

「お祖父さんと分担と言っていたが、今日の君の担当はなんだ？」

「えと、あの、洗濯と夕食の支度です」

「まずは洗濯機を回そうか。どこにある？」

　ずかずかと家の奥へと入っていく。広翔が慌ててついてきた。ここかな、と見当をつけた扉を開けたら、当たりだ。全自動洗濯機が置かれた洗面所だった。しかも乾燥機能付きのドラム式だ。

「なんだ、最新式のものがあるじゃないか。これは洗濯物と洗剤を入れてしまえば、全部やってくれるだろう？」

「そうなんですけど、僕、畳むのが苦手で」

「ああ、なるほど。では乾燥まで終わったら俺が畳んでやろう。君の任務はスイッチを押すところまでだ。任せた」

「あ、はい」

　反射的に返事をした広翔を洗面所に置き去りにし、尚行は台所へ行った。さっきの居間の横だ。

　暇そうにしていた光流が、「テレビをつけてもいい？」と聞いてきたので、「いいんじゃないか」と答えておいた。光流はEテレの子供番組を視聴しはじめる。

　尚行は勝手に冷蔵庫を開け、食材をざっと見た。老人がいる家庭だから、あっさりめの和食でいいだろう。三品あればいいかな、といくつかの食材を出した。まな板と包丁を、これまた勝手に使って野菜を切っていたら、広翔が洗面所から戻ってきた。

「本当に作ってくれるんですか？」

「三品あればいいか？」

「じゅうぶんです」

手伝います、と広翔が横に立つ。出しておいた野菜を洗いはじめた広翔を、尚行はちらりと見下ろす。身長差が二十センチほどもあるだろうか。可愛らしいつむじを発見して、ううぅと口の中で呻《うめ》いた。こんなふうにだれかと並んで台所に立ったのは、はじめてかもしれない。かなり嬉しい。かなり高ぶる。

しかし、すぐに広翔の能力を知るところとなった。ピーラーを使用してもじゃがいもの皮むきができない人間がいるとは。広翔の手元が気になり、尚行は自分のペースで動けない。ピアノ科の学生が手をケガしたら大変だ。尚行は五分もしないうちに広翔を制止した。

「君はレイコの様子を見てきてくれないか」

「僕が、ですか」

「光流、頼む」

「はーい」

テレビを見ていた光流がぴょんと立ち、散歩のときにいつも持参するミニトートバッグからレイコ用の水と器を出した。広翔を連れて玄関へ行ってくれたので、ホッとして調理を再開する。ネギとワカメの味噌《みそ》汁と、ごぼうとニンジンのきんぴらを手早く作った。豚挽肉《ひきにく》があったので豆腐と卵を加えて練り、肉団子にする。それをあっさりめの汁で煮ていたところに光流と広翔が戻ってきた。光流が広翔の手を引いたままテレビの前に座ったので、なんとなく二人は並んで幼児番組を見る感じになった。

光流、グッジョブ。弱冠六歳で空気が読める。素晴らしい。この能力は尚行にはない。おそらく父親似だろう。光流の父親は俳優で、テレビドラマにちょいちょい出演している男だ。主役にはなれない下手くそだが、その人柄のよさでスタッフに好かれており、生活に困らないていどの仕事はあるらしい。そうした情報は歌織から聞いたのだが。

じゃがいもでポテトサラダを作りつつ、ときどき居間の様子を窺《うかが》った。仲良く並んでいる後ろ姿がいい。胸がむずむずする。

「あ、でんわかな？」

光流が不意に部屋の中を見回した。耳を澄ますと、たしかにどこかで電子音が鳴っている。広翔がハッとして、自分のショルダーバッグから携帯電話を出した。

「お祖父ちゃんだ」

電話がかかってきたらしい。「もしもし」と広翔が応答しているのを気にしつつ、尚行はシンクを片付けた。使ったボウルやザルを洗って片付けるまでが料理だと思っている。

「わあ、立石さん、すごい。もう一汁三菜作っちゃったんですか？　しかも片付けまで」

台所にやってきた広翔が目を輝かせて感激するものだから、尚行はつい胸を張ってしまった。

「これくらいのこと、俺にはたいしたことじゃない」

「たいしたことですよ、すごい。ありがとうございます。もうすぐ祖父が帰ってくるみたいなので、会っていってください」

「お祖父さんからの帰るコールだったのか」

「町内の寄合所に行っていたんです。この商店街、じつはいま立ち退き問題でごちゃごちゃしていて……たぶんその対策についての話し合いをしていたんだと思います。祖父はリーダー格というか、先頭に立ってみんなを取りまとめている立場で……」

尚行はひくりと口元が引きつりそうになり、さり気なく手で顎を擦《こす》ったりしてごまかした。

「そうか、大変だな」

「反対派の人数がどんどん減っていて、祖父はここのところとても疲れた顔をしています。もう年だから、闇雲に反対しなくてもいいのに……と思うんですけど。でもそれは僕がここで生まれ育っていないから愛着があまりなくて言えることなので、祖父にとっては故郷がなくなるほどの大事件なんですよね」

尚行はあえてなにも言わず、ちいさく頷くだけに留《とど》めた。

「光流、そろそろ帰ろうか」

「はーい」

ハンガーから上着を取り、尚行はトートバッグといっしょに片手に持った。

「帰っちゃうんですか？」

「すまない、お祖父さんの帰りを待ちたいところだが、そろそろレイコの餌の時間なんだ」

これは嘘ではないが、一時間くらいずれてもレイコは騒いだりしない。祖父の茂則はきっと尚行の顔を知っている。花角不動産のパンフレットに尚行の顔が掲載されているのだ。反対派のリーダーならば絶対に顔写真を見ている。留守中に孫に取り入り、自宅に上がりこんでいたなんてことを知ったら、どれほど怒るだろうか。

　菱田の忠告が脳裏によみがえり、尚行は早々に退散することを決めた。

　玄関で広翔が「連絡先を教えてください」と言ってきた。なにぃ？　と首の筋を違えそうなほど勢いよく振り返りそうになった尚行だが、なんとか思い留まった。ゆっくりと広翔を見下ろして、「連絡先？」と平坦な声を出すことに成功する。

「あの、今日のお礼をしたいです」

「礼など……」

「お願いします」

　広翔は携帯電話を片手に目をキラキラさせている。眩《まぶ》しくて目が潰れるかと思った。断れるわけがない。今度はどんな偶然を装って近づこうかと考えていたところだ。

　その場で携帯電話の番号を教えあい、井澄家をあとにした。レイコと光流を連れて商店街の端まで歩いていく。日が暮れはじめた時間帯だ。あいかわらずアーケードには客がまばらだった。

　商店街からすこし離れたところで菱田に連絡を取り、迎えにきてくれるように頼んだ。

「ねえ、ナオ」

「なんだ」

「ヒロトくん、とってもいい人だったね」

「いい人だったな」

それに同意するように、レイコが「ワン」と一声吠えた。

◇

「ただいま」

台所で立石が作ってくれた料理をつまみ食いして感激していた広翔は、玄関から祖父の声が聞こえて「おかえり」と返した。

「だれかが来たのか？」

キョロキョロしながら茂則が居間に入ってきた。

広翔とおなじくらいに小柄ながら肩幅はがっしりしている祖父は、いかにも職人ぽい厳《いか》つい顔をしている。パッと見は怖い職業の人のようで、一見《いちげん》の客などは蕎麦の食べ方にうるさそうと思うらしい。実際そんなことはなく、茂則は「蕎麦はファストフードのようなもの。好きなように食べればいい」といつも言っている。とはいえ、打ち方や汁の作り方にはすごくこだわりがある。広翔は会ったことがないが、店を開いた曾祖父譲りのこだわりのようだ。

「よくわかったね。ついさっきまでお客さんがいたよ」

「動物の匂いがする」

「あ、ごめん。お客さんがペットの犬を連れていて、玄関に入れちゃった」

広翔は戸棚から消臭スプレーを出して、急いで玄関まわりに吹きつけた。飲食店を経営しているからか、茂則は匂いには敏感だ。ペットは絶対に飼わないし、介助犬以外の動物は入店禁止にしている。たとえ昔からの常連でも許さない。

念入りにスプレーしてから、もう一度祖父に「ごめんね」と謝った。レイコはとても手入れの行き届いたきれいな体をしていて、広翔はほとんど匂いを感じなかったから、消臭スプレーをするのを忘れていた。

「いや、いい。オレが神経質なだけだ。ここは店じゃないし……。おい、もう夕飯の支度を済ませたのか？　おまえにしては用意がいいじゃないか」

「うん、じつはこれ、お客さんが作ってくれて」

「………どこの人だ。付き合っているのか」

茂則の見当違いの質問に、広翔はおおいに慌てた。

「ええっ？　まさか、ちがうよ」

あのスーツのイケメンと自分がどう付き合うというのだ。無愛想だけどものすごく親切で優しくて料理が上手だったが、きっとセレブだろう。甥っ子が着ていたのは良家の子息が通う幼稚園の制服だったし、スタンダードプードルなんて飼っているということは自宅が広いに決まっている。餌代とトリミング代だけで月に何万円もかかりそうだし。きっと住む世界がちがう。

そもそも昭和《しょうわ》生まれの祖父は、自分を含めて調理師に男が多いのは知っていても、家庭的な料理を作ってくれた客と聞いてすぐに女性だと思ったにちがいない。だから広翔と付き合っている人、と思ったのだろう。

祖父は、広翔が同性にときめく傾向があるとは知らない。たぶん思ってもいない。今後もカミングアウトする予定はなかった。高齢の祖父に余計なストレスを与えたくないのだ。

(でも、ちょっと不用心だったかな)

初対面の男の人を、子供と犬を連れていたからといって、たいして警戒もせずに家に上げてしまった。犬好きに悪い人はいないとか、そんな通説は正しくないとさすがに知っている。知ってはいても、あの人を信用したい、という気持ちがあった。

まっすぐに目を見つめてくる、清潔感があるスーツの大人なんて、いままで広翔のまわりにはいなかったのだ。お近づきになりたいと思ってしまった。はっきり言って、素敵な人だった。帰り際に携帯電話の番号を聞くことができたのは、我ながらいい仕事をしたと褒めてあげたい。

「料理を作ってくれたのは、男の人だよ」

「そうか」

「犬と幼稚園児を連れていて、家事が得意なんだって。料理が苦手だって僕が言ったら、ささっと作ってくれちゃったんだ。すごくない？」

自分の手柄でもないのに威張りたくなってしまう。そこで洗濯物が洗濯機の中に入ったままなのを思い出した。イケメンは畳んでやる、と言ってくれていたが、たぶん忘れたのだろう。広翔も忘れていたくらいだから。

来年度の学費問題はなんら解決していないが、あたらしい出会いにちょっとばかりウキウキしている。しかし、そんな広翔の前を、茂則がのろのろと横切った。

「はぁ……」

脇に抱えていたファイルをこたつテーブルに置き、茂則がため息をつきながら座布団に座る。商店街の中にある文房具屋で買った、青い表紙のファイル。タイトルの欄にはなにも書きこまれていないが、中になにがファイルされているか広翔は知っている。このハッピーグッド商店街の再開発計画に関しての資料だ。

蕎麦屋の定休日の今日、再開発反対派の仲間たちと地区の寄合所で話し合いをしていたのだろう。ここのところ定休日はそればかりだ。反対派が経営している店は、かならずしも定休日がおなじではないが、妻やアルバイトが店番をしている。ひとりで店を切り盛りしている祖父の休みに合わせてくれているらしい。

茂則の横顔は疲れていた。再開発の話が出てから半年がたつ。七十七歳の祖父は、この半年で一気に五歳は老けたような気がした。

「花屋の三代目が立ち退きに応じたらしい」

ぽつりと茂則が呟いた。広翔は「そう……」と静かに相槌を打ち、こたつテーブルの対面に座った。

「まあ、あいつはそのうち応じるだろうとは思っていた。まだ五十代だからな。あたらしく建つビルの一階に店を出してもらえるなら、そっちの方がいいだろう」

仕方がない、と茂則は肩を落とす。そんな祖父にかける言葉がない。

反対派の仲間が日ごとに減っていることは聞いていた。広翔は開発業者の説明会に出席したことはないが、立ち退きの条件などは茂則からかいつまんで話してもらっている。立ち退き料は納得できる金額だというし、新居探しも引っ越しに必要な諸経費も開発業者が引き受けてくれるらしい。希望するなら新ビルの一階と地下一階のテナントにも入れる。もちろんテナント料は割引価格だ。

老朽化が激しく経営者の高齢化が進み客足が遠のいた商店街に、いつまでも固執するよりは――と考える住民がいるのは当然だろう。

広翔だって、茂則にはもう蕎麦屋を廃業してもらって立ち退き料で老後をゆっくり過ごしてほしいと思っている。決して口にはしないが。

茂則はこの商店街で生まれ育った。蕎麦屋を開業した自身の両親と、いっしょに遊んだ隣近所の幼馴染みたち、苦楽をともにした亡き妻との思い出が詰まっている。七十七年の人生すべてがこの地にある。そう簡単に立ち退けないことくらい、広翔にも想像できた。

だから、口出ししないことにしている。広翔はここで暮らしはじめて、まだ三年。幼児のころからたびたび遊びに来てはいたが、なにも知らないも同然だ。

「……立ち退いた方が、利口なんだろうな……」

はあ、とまたため息をつき、茂則が閉じたままのファイルをじっと見つめる。

「オレももう年だ。いつまで蕎麦を打てるかわからん。機械を使って蕎麦を作るくらいなら店を閉めた方がいい。いまの経営状態もいいとは言えない。いつ赤字に転落するかわからん」

「お祖父ちゃん……」

しょんぼりと肩を落とした祖父の体が、とてもちいさく見える。

「まとまった金が手に入れば、おまえにオレの生活費の心配をかけなくて済む」

「僕のことは考えなくていいよ。お祖父ちゃんの思う通りにして。ここはお祖父ちゃんの家なんだから」

　これは本心だ。悔いのないようにしてほしい。広翔に面倒をかけたくない、なんて考えてほしくない。

「お祖父ちゃんはここから動きたくないんでしょう？　大切な場所だってことくらい、僕もわかってる。無理に立ち退くことはないよ。僕はお祖父ちゃんに後悔してほしくない」

「……そうだな……」

　うん、と茂則はひとつ頷き、すっくと立ち上がった。ファイルをテレビ横の本棚に片付け、ゆっくりと二回ほど深呼吸した。

「晩飯の時間まで、店の掃除をしてくる」

　きびきびとした足取りで居間を出て行った。

「よし、僕は洗濯物を畳むぞ」

　気合いを入れて立ち上がり、洗面所へと足を向けた。

◇

「立石さーん」

公園の入口で手を振っている広翔を見つけ、尚行は目を細めた。彼の笑顔が初夏の太陽よりも眩しい。あいにくと感情がすぐ顔に出るたちではないので、口角がやや上がったていどの変化しか現れないが。

車の運転席から降りた尚行は後部座席のドアを開けた。幼稚園の制服姿の光流がぴょんと飛び出し、そのあとレイコがするりと降りてくる。光流が広翔へと駆け出すと、レイコも「ワン」と嬉しそうな声を上げて走った。

「ヒロトくーん」

「光流くん、ケイコちゃん、三日ぶりだね」

可愛い広翔と愛らしい光流が顔を見合わせ、えへへと笑いあう。そこにレイコも加わり、微笑ましいことこのうえない。

「立石さん、こんにちは」

「やあ」

できれば尚行と呼んでもらいたい。立石などと他人行儀な呼び方は好かない。しかし広翔と会うのは今日でまだやっと三回目だ。距離を縮めるのはこれからだろう。

はじめて会ったときの別れ際に、連絡先を教えあった。

広翔は翌日になってから、番号だけで送れるメッセージで連絡を取ってきた。

『作ってもらったお料理はどれも美味しかったです。ありがとうございました。ぜひお礼をしたいです。でもきっと立石さんはなんでも持っていますよね。僕にできることはなにかありますか?』

あまりにも好みの文章に、尚行は社長室でひとり悶《もだ》えた。

（どれも美味しかったのか、そうか、よかった。できることはなにかあるか、なんて、もし俺が悪いヤツだったらどうする。そんな無防備な言葉を吐いてはいけない。つけこめるじゃないか。言質を取られてとんでもないことを強要されるぞ。あんなこととかこんなこととか）

無言で変なポーズを取っている尚行に、菱田は奇異なものでも見るような目を向けていた。わかっていてもやめられなかった。あまりにも広翔が尚行の琴線に触れまくるから。

その後、礼について「いらない」「いえ、なにかしたい」というやり取りを何回かくりかえし、結局、「レイコの散歩に付き合って、さらに光流と遊んでくれ」と頼んだらＯＫがもらえた。

はじめて会った公園ではなくドッグランがあるところを選択し、今日で二度目の公園デートだ。広翔にデートという意識がまったくないとしても、尚行はそのつもりだった。光流とレイコがいっしょにいても空気のような存在なのでカウントしない。

「それ、なんですか？」

広翔が指摘してきたのは、尚行が手に下げているバスケットだ。レイコグッズが入ったミニトートバッグ以外になにかを持ってきたのは、今日が初だった。

「中にはおやつが入っている。遊んだあと、おやつタイムにしよう」

「もしかして、立石さんの手作りのなにかですか？」

「なかなかいい勘をしているな。そうだ、パウンドケーキを焼いてきた」

「楽しみです」

尚行が菓子も作ると言ったので、広翔はいつか食べてみたいと思っていたらしい。可愛いやつだ。

フェンスで囲まれたドッグランにレイコを放し、生き生きと駆け回っている姿を広翔と肩を並べて眺めた。レイコは大型犬なので、ほかの犬に怖がられることがある。ときどき吠えられて困惑しているレイコが面白《おもしろ》かった。

尚行は微笑んでいる広翔の横顔をちらちらと盗み見しては、胸をほっこりさせていた。

しばらくそうして過ごしたあと、レイコをふたたびリードで繋ぎ、水道で手を洗って空いているベンチに座った。あらかじめ切り分けてきたパウンドケーキを紙ナプキンで包み、広翔と光流に渡す。

「ナッツとバターのいい匂いがします。美味しそう」

「ナオのケーキはおいしいんだよ。ぼく、だいすきなの」

「そうなんだ。光流くんはいつも立石さんの手作りのおやつを食べているんだね。いいなぁ。羨《うらや》ましいなぁ」

そんなに羨ましいならウチの子になるか？　と喉まで出かかった。

広翔はパウンドケーキを「美味しい」と笑顔で食べてくれた。もちろん飲み物も水筒に用意してきたので、ピクニック用のプラスチック製コップに入れて渡した。

「紅茶ですね。こっちも美味しい。いい香りです」

そうだろう、そうだろうと頷きながら、尚行も紅茶を飲んだ。光流にはペットボトルの麦茶を渡す。レイコにも犬用のおやつを与えた。目の前で自分の好きな生き物たちが自分が用意したものを美味しそうに食べている。その光景には、癒しの効果があると思う尚行だ。

尚行は子供のころから動物園や水族館のもぐもぐタイムが大好きだった。その時間を調べて、狙って行くことも多かった。妹の歌織が行きたがっているから、と親に嘘をつき、立石家の運転手に連れていってもらうのだ。動物たちがもぐもぐと食べている様子に陶然としていると、歌織が「兄さんってホントに餌付けが好きだよね」と呆れたものだ。尚行からしてみたら、どうして彼らが食べている様子を見て愛《いと》しさが溢《あふ》れてこないのか、そっちの方が不思議だったのだが。

一通り食べ終わって広翔が一息つく。するとふっと憂いを含んだ表情になった。それはそれで情緒が感じられていいのだが、なにか悩みがあるなら知っておきたい。

「なにか気にかかることでもあるのか？」

「…………ちょっと、家のことが……」

「また家事が苦手という話か」

ははは、と広翔は乾いた笑い声をたてた。

「それはたぶん解決しません。僕にはセンスがないから。そうじゃなくて、祖父のことです」

「たしか、今日は定休日だな」

はじめて商店街近くの公園で出会った日から、ちょうど一週間たつ。

「今日もまた寄合所に行っているんだろうなと思うと、心配です」

「ああ、例の立ち退き問題についてか？」

「そうです。再開発反対派の人たちと、ことあるごとに集まって対策を練っているんです。でも対策って、いったいなんですか。そんなものありませんよ。老朽化しているアーケードの修繕にはお金がかかるし、廃業したまま放置されている店舗に出店を募ることだって簡単ではありません。そんなツテも資金も、どこにもない。どうにもならない。わかっていても、祖父をはじめ反対派の人たちにとって、あの商店街は大切な居場所なんです。なくしたくないんです。なんとかならないかと模索している祖父を見ているのが、僕は辛くて……」

重いため息をつく広翔のコップに、紅茶のお代わりを注ぐ。それをゆっくりと飲み、彼は隣に座っている光流の髪をさらりと撫でた。するとレイコが「私も」とばかりに頭を差し出してくる。広翔が微笑みながら撫でると、レイコは満足したように頭を引っこめた。

「最近、祖父の体調がよくないんです」

たしか蕎麦屋の店主は七十七歳——と、尚行は資料にあった年齢を思い出す。

「蕎麦を打つのが大変そうだし、二階に上がるだけで息が乱れたりして。加齢によるものなんでしょうけど、ぜったいにストレスもあると思うんです。いつか倒れるんじゃないか、心配で」

「お祖父さんは立ち退きに応じていないんだな」

「拒んでいます。祖父にとって、あそこは自分の人生のすべてですから、ほかの土地で暮らすことなんていままで考えたこともなかったんじゃないですか」

「人生のすべて……」

写真で見た茂則の顔を思い浮かべる。広翔とあまり似ていない、頑固一徹といった感じの老人だった。尚行はまだ三十五歳で、茂則の半分も生きていない。現時点で「自分の半生のすべて」と言えるようなものは、まだない。

いまの生活には満足している。独身だが光流とレイコがいるので寂しいと感じたことはないし、恋人がいなくとも愛情を注ぐ対象はいる。下半身の欲求は右手で処理できているのでとくに溜《た》まってはいない。家事はすべて自分でできるから不自由はしていないし、仕事についてはなぜかよく勘が働くので大きな失敗をしたことはなく、信頼できる社員たちのおかげで上手くいっている。

これから生きていく中で、茂則のように「これが自分の人生だ」と示せるようなものが作れたらいい。

井澄茂則という蕎麦屋の店主が、尚行の中でいまはっきりとした人物像として浮かび上がった。

書類上ではただの記号のようなものだった名前が、人間になったのだ。尚行はこれまで、花角不動産の再開発の仕事を、達成感のあるゲームのように思っていた。使いにくい古びた町並みを、使い勝手のいい最先端の街に生まれ変わらせるのだ。立ち退きでその街から去る人がいても、それは仕方がないことだと考えていた。

実際、尚行は立ち退き交渉の場に出向いたことはない。交渉に応じて書類にサインをしたかどうか、それが全体の何割に達したのか、いつも数字を報告してもらっていただけだった。立ち退いていく住民たちにもそれぞれ家族があり、生活があり、思い出があることくらい、わかっていた。けれどそれはすべて理屈として理解していただけで、親身になって感情で理解したわけではない。

いま広翔の口から茂則の話を聞いて、はじめて彼らの人生について思いを馳《は》せることができた。

開発業者としてこれはいいことなのだろうか。すべてをドライに片付けていかなければ、情に流される恐れがある。菱田に話したら、「社長はそんなことをいちいち考えなくてもいいのです」とでも言いそうだ。

けれど、一度は立ち止まって考える必要があったのではないか、と思う。

広翔の横顔をじっと見つめる。きれいな鼻梁《びりょう》のラインを視線でなぞった。

「君はお祖父さんのことを尊敬しているんだな」

「それはもう」

「俺も君に尊敬されるような男になりたい」

「もう尊敬していますよ？」

当然のように広翔が返してきたので、尚行は驚いた。

「ど、どどどこが尊敬に値すると言うんだ」

「お仕事をしながら光流くんの面倒を見て、家事をすべてこなしつつレイコの世話もしているじゃないですか。僕からしたらほぼスーパーマンですよ。なんでもできて、すごいです」

口先だけの言葉ではないことが、その目の輝きから伝わってくる。広翔は本気で尚行をすごいと思ってくれているのだ。胸の奥底がきゅっと鷲《わし》掴みされたように切なく痛み、尚行はかすかに喘《あえ》いだ。

「そ、そうか……いつのまにか、君に尊敬されていたとは……」

照れくさくて俯き加減になった尚行に、光流とレイコが温《ぬる》い目を向けてくる。

「お、お祖父さんの体調は、心配だな。一度、病院で検査を受けたらどうだ？」

「何度か言ってみてはいるんですけど、病気じゃない、そんな年寄りでもないって機嫌を損ねてしまうんですよね。でも四捨五入すれば八十歳ですし、自宅の階段を上がるだけで息切れがするって、完

全に年だと思うんです。もしかして、どこかが悪いのかもしれないじゃないですか」

「まあ、そうだな」

「本当に、僕の言うことを聞かないんだから」

あーあ、と広翔はふて腐れたように唇を尖《とが》らせた。そんな表情も可愛い。ずいぶんと尚行に慣れてきてくれて、広翔はいろいろな表情を見せてくれるようになった。

「愚痴を聞いてくれてありがとう、立石さん」

「いやいや、君のことならなんでも知っておきたいから、どんどん話してくれ」

「どんどんって、そんなに僕には話しておかなくちゃならないことはありませんよ」

広翔がくすくすと笑う。尚行はそのキラキラしい笑顔に、胸がきゅんとなった。

（……これは、なんだ……？）

きゅんと引き絞るような感覚になった胸を片手で押さえる。不思議で、温かい。けれどかすかな痛みも伴う感じがした。はじめての経験だ。

（病気か？）

年に一回の人間ドックを習慣にしている。今年はまだだが、毎年どこも悪くない結果が出ていた。もしかしたら急速になにかの病が進行したのかもしれない。不安になった尚行は、菱田に相談しようと決めた。

「いったいどんなに重要な相談かと思ったら……」

菱田が片手で自分の額を押さえながら、盛大なため息をついた。

「胸がきゅんとするのはどうしてなのかなんて、くだらないことを朝一番に言わないでください」

「くだらなくはないだろう。俺は真剣に相談している」

尚行は社長室のデスクに広げられた書類をチェックしながら、上目遣いで横に立っている菱田をちらりと見遣《みや》る。

「社長はたしか今年で三十五歳になったんですよね。いままで数々の浮名を流してきたくせに、そんな初歩的なことがわからないなんて、どうかしていますよ。私をからかって遊んでいるんですか。だったらやめてください」

「はじめての経験なんだ。私は病気か？」

菱田が呆れた顔で見下ろしてくる。

「社長が真剣にお尋ねならば、私も真剣にお答えしましょうか」

「頼む」

「胸がきゅんとする？　それが嫌な感じではない？　だったらそんなのは恋に決まっているでしょう。あなたは蕎麦屋の孫に惚《ほ》れたんです。はじめての胸の痛みを経験したのなら、もしかしてそれは初恋ですか。おめでとうございます」

「は、初恋……？　そんな馬鹿《ばか》な。俺は小学生ではないぞ。れっきとした成人男性だ。子供からはオジサンと言われてしまう年齢だ。それなのに初恋？　馬鹿な！」

にわかには信じられなくて菱田の診断を否定してしまう。けれど頭の片隅では、そうかもしれない、と認める部分もあった。

「はいはい、馬鹿みたいですね。だったらもう井澄広翔には会わなくてもいいじゃないですか」

「なぜだ。それとこれとはちがうだろう」

「ちがいません。井澄広翔は社長の正体をまだ知らないんですよね。隠したままで交流を続けてどうするつもりですか。彼がゲイなのかは知りませんが、もし今後、深い関係に発展しそうになったら？　そのときになってから正体を明かしますか？　許してくれると思いますか？　それともいつまでも隠し続けるつもりですか。どちらにしろ、隠したままでは近いうちに破綻するのは目に見えています。彼のことが本当に好きなら、交流を続けていくおつもりならば、一日も早く正体を明かすことをオススメしますよ」

淡々と忠告されて、尚行はしゅんと背中を丸めた。

「いまさら俺が花角不動産の社長だと告げたら……広翔は怒るだろうか」

「怒るかどうかはわかりませんが、驚くでしょうね。そのあとどうなるかは、私は知りません」

「騙されたと思うだろうか」

「思うでしょうね」

「そんなつもりはなかった」

「私に弁解しても仕方がありません。井澄広翔に言ってください」

菱田はあくまでも冷静だ。尚行はぐぬぬぬ…と歯がみして、項垂《うなだ》れた。

「社長、仕事してください」

「……これは恋なのか」

「だから仕事してくださいってば」

「はじめての？　俺は三十五だぞ」

「いくつになってもはじめてのことがあっていいじゃないですか。新鮮でしょう。ほら、さっさと仕事しやがれ」

「……うん」

差し出された書類に目を通しながら、頭の半分では広翔のことを考える。

都内S区の工事は順調そうだな――もっと広翔と親しくなりたい。

こっちの工事が遅れ気味なのはどうしてだ――いまいち広翔との距離があるように感じる。

ああそうか悪天候が続いたのか。それは仕方がないな。どこかで挽回《ばんかい》できるか？　――もしかして公園でばかり会っているから距離が縮まらないのか？

これからの季節は作業員たちの熱中症対策をしていかないと――最近は天気がいい日は暑いから屋内で会うのもいいかもしれない。

「そうだ、自宅に呼ぼう！」

名案が思い浮かび、尚行は感激のあまり立ち上がった。勢いよく蹴ったキャスター付きの椅子が壁まで滑っていってぶつかったが気にしない。びっくりして振り向いた菱田の眉間に、ぎゅっと皺が寄った。

「社長、いい加減にしないと私も怒りますよ」

「もう怒っているじゃないか」

「へぇ、わかっているのにそういう態度ですか」

「……仕事するから、そう怖い顔をするな」

椅子を取りにいき、あらためてデスクにつく。書類に目を戻しながら、広翔を自宅に招待するプランを頭の半分で練ったのだった。

◇

立石はセレブ階級に属する人なんだろうなという予想通りに、セレブだった。

「わぁ、すごい」

タワーマンションの上階にある立石の自宅は、豪華の一言につきた。広翔の祖父の家に来たとき、よくなにも言わなかったなと、はじめて会った二週間前の日のことを思い出す。

今日は立石の自宅に招待されたのだ。日曜日はだいたい光流とレイコとゆっくり過ごしているからこんど来ないか、ご馳走《ちそう》するよ、と言われて喜んで受けた。

意外だったのは、立石の自宅が二つも離れた区にあったことだ。

はじめて出会った公園からマンションまでは、けっこう距離がある。あんなところまで徒歩で行ったのだろうかと疑問を抱いたが、ドッグランがある公園まで犬を乗せて車で移動することもあるのだから、おかしなことではないのかもしれない。出会いの公園にはドッグランはないけれど。

商店街の端っこまで迎えにきてくれた立石の車は、いつもの黒塗りのセダンとは違っていた。もっとコンパクトなサイズの外国車で、あまり詳しくない広翔にはよくわからない。流線型のフォルムが美しい黄色い車は高価そうだった。

車内に光流とレイコの姿はなく、立石と二人きり。にわかに緊張した。しかも立石はスーツではない。よく考えなくとも、休日だから当然か。紺色のサマーニットと綿パンという何気ない格好なのに、とても素敵だ。いつもとまったく変わらない服装の自分が恥ずかしくなった。しかしいまから着替えに戻るわけにはいかないし、そもそも戻ったとしてもたいした服は持っていない。

広翔は立石と二人きりでドキドキしながら助手席に座った。立石はいつもとなんら変わらない表情で運転している。なんとも思われていないんだなと、ちょっと寂しかった。

車はタワーマンションの地下駐車場に入っていき、高級外車ばかりが並んでいる一画に停車した。広翔は雰囲気にビビりながら立石のあとをついてエレベーターに乗り、上階へと連れていかれた。エレベーターも、降りたあとの廊下も、ピカピカだった。塵《ちり》ひとつ落ちていない。管理が徹底されているということなんだろう。

そして「どうぞ」と開かれた扉から立石の自宅に入って——啞然とした。広い。めちゃくちゃ玄関が広い。レイコがギリ寝転ぶことができた井澄家の玄関とはぜんぜんちがう。ここならレイコ並みの大型犬が三頭は足を伸ばして寝転がれるだろう。

しかもこれは大理石か？　踏むのが恐れ多いほどマーブル模様がきれいなたたきだった。

立石に促されて「お邪魔します」と上がりこむ。差し出されたスリッパが革製だったことにもビビった。リビングがこれまた広く、フローリングに敷かれた円形のラグや白い革のソファセットなど、シンプルな家具がいかにも立石らしい。家電量販店でしか見たことがない特大サイズのテレビにも目を丸くする。さらに大きな窓からの眺めにも驚き、広翔は声も出ない。

今日は天気がよくて外は暑いくらいだが室内は適度に空調が効いていた。暑くもなく寒くもない、ちょうどいい加減の室温は、広翔の日常にはなかった。井澄家にももちろんエアコンはあるが古くて、冷房を効かせると寒く、緩めると暑くなる。かつて両親と住んでいた家のエアコンもそんな感じで、これが一般家庭の空調なんだと思っていた。セレブの家にあるエアコンはひと味違うと知った。

リビングはダイニングと一間で、カウンターの向こうがキッチンだろう。ダイニングテーブルの上にはすでに皿とグラスが三組、並べられている。ランチョンマットを自宅で使う光景を、広翔ははじめて目にした。

「あ、ヒロトくーん」

奥から光流が駆けてきて、無邪気な笑顔を振りまきながら広翔に抱きついてきた。幼稚園の制服姿しか見たことがなかったから、私服の光流が新鮮だ。新幹線のリアルな絵がプリントされたＴシャツとカーキ色のハーフパンツを着ている。

「カッコいいＴシャツだね。光流くんは新幹線が好きなの？」

「うん、すき」

子供らしい好みにフッと気が緩む。タワーマンションに場違い感があった広翔は、光流に救われた。

レイコも尻尾を振りながら出迎えてくれて、さらにホッとした。

「適当に座っていてくれ。俺は仕上げをするから」

立石はそう言うと、ダイニングテーブルの椅子にかけてあった黒い生地のエプロンをささっと身につける。それがまたカッコよくて、広翔は見惚《みと》れた。スタイルがいいとなんでも似合ってしまうらしい。

立石はカウンターの向こうのキッチンへ行き、鍋の中を覗きこんだり、フライパンでなにかを焼きはじめたりした。その姿をじーっと見つめていたら、光流が手を引いた。

「あのね、おひるごはん、すぐにできるとおもうから、てつだわなくていいんだよ。だからあっちにいこう」

手伝いたくて見ていたわけではないが（どうせ邪魔をしてしまうだけだ）光流の求めに応じて、リビングのソファに座った。光流は絵本を読んでいたようで、新幹線と特急列車の本があった。いっしょに見ようと誘われて、広翔はキッチンが気になりつつも本を読んだ。

「さあ、できた。二人とも手を洗ってこい」

それから十分もしないうちに立石の声がかかり、光流に案内されて洗面所へ行った。これまた広くて、ダブルシンクの立派な洗面所だった。光流用の踏み台がちゃんと用意されていて、ハンドソープも自動で泡が出てくるものだ。鏡には一点の曇りもない。

電動歯ブラシが二つ並んでいるのは、立石のものと光流のものだろう。歯磨き粉のチューブも大人用と子供用が一個ずつ。きれいに片付いていて、見える範囲にはそれだけしかない。

扉が閉まっている棚を開ける図々しさと勇気は持ち合わせておらず、中に第三者のなにかが入っているかもしれない、立石に恋人がいてこの家に出入りしているのではないか——という確認はできない。

それでも躊躇って突っ立ったままでいると、光流が「どうしたの？」と見上げてきた。

「あ、いや、その、棚の中にはなにが入っているのかな、と思って……」

「ナオのひげそりがはいっているよ。あとね、めんぼうとか、ブラシとか、はみがきこのかいおきとか、はぶらしのかいおきとか、そういうの。タオルはこっちにあるの」

光流が気を利かせて洗面所内のことをいろいろと教えてくれた。

「それで、これはねぇ」

光流が背伸びをして開いた戸棚には、一見して女性物とわかるいくつかの瓶が並んでいた。ヘアスタイリング剤や香水だ。ドキッと心臓が嫌な感じで鳴った。

「これは、ママのもの」

光流があっさりと持ち主を教えてくれて、広翔は安堵《あんど》した。

「ぼくとママのいえはここじゃないんだけど、ときどきママもここにとまるから、おいてあるの。ナオはじゃまだっていう」

本気で邪魔だと思っていたら、棚の中を掃除しないだろう。埃《ほこり》ひとつない。

「いこう」

光流に手を引かれて洗面所を出て、ダイニングへ行った。

「遅いぞ。パスタが伸びる」

「はーい、ごめんなさーい」

光流は明るく謝って、ダイニングの椅子によじ上る。広翔に洗面所内の解説をしていたせいだと一言も言わないところがすごい。レイコもテーブルのすぐ近くにお座りしてなにかを待っていた。

テーブルの上の皿にはミートソースのパスタと、鶏《とり》ささみときゅうりのサラダがきれいに盛り付けられていた。ミートソースはもちろん手作りだろう。いただきます、をしてからすぐにパスタを食べてみた。

「美味しい……すごく美味しいです！」

びっくりするほど美味しかった。学食のパスタとは比べものにならないくらい美味だし、そのへんのパスタ屋よりも広翔の好みの味だった。尚行がふっとかすかに笑って、「そうか」と頷く。それがまたカッコよくて、広翔は顔が熱くなりそうだった。

尚行はレイコに犬用のおやつを与えたあと、広翔の対面で食事をはじめる。立石は食べ方も素敵だった。自宅だからか変に上品ぶっていなくて、フォークに巻き付けたパスタを大きな口でばくっと食べる。広翔の皿に盛られた量とおなじくらいのパスタを、あっというまに食べてしまった。

広翔はというと、すぐに食べてしまってはもったいないので、ゆっくりと味わった。それでもいつかは終わりがくる。惜しみながらもすべて平らげたら、デザートが出てきた。いままで手製のパウンドケーキやクッキーは食べさせてもらっていたが、外だったので要冷蔵のものはなかった。

「すごい、プリンパフェだ！」

喫茶店やファミレスで使うような細長いガラスの容器に、アイスクリームやホイップクリーム、フルーツがいくつもの層になって入れられ、一番上にプリンが乗っている。ウエハースが添えられていて、すごく可愛かった。

「立石さん、これも作ったんですか」

「当然だ」

「すごいです」

「そうか、すごいか」

また立石がフッと笑う。広翔が興奮したのを面白がっているようだったが、ぜんぜん嫌な感じはしなかった。光流にもおなじもの（けれど半分くらいのサイズ）が出され、柄の部分が長いスプーンですくって食べた。プリンも手作りで、カラメルのほろ苦さもちょうどよく、本当に美味しかった。

広翔と光流が夢中になって食べているのを、立石は優しい目で見つめている。表情は決して豊かではないし、言葉数もすくないが、立石はとても家庭的でいい人だ。こんなに格好いいのに優しくてなんでもできるなんて、完璧すぎる。

独身で、たぶん付き合っている人は……いないのだろう。もしかしたらいるのかもしれないが、この家に出入りしている人はいないっぽい。そもそも毎日、光流の幼稚園の送迎をしているようだし（光流の母親は長期の海外出張中らしい）衣食住すべての世話をしている。恋人と会う時間はあまりないように思う。

昼食をご馳走してもらったので、広翔は片付けを買って出た。いつもより何倍も丁寧に慎重に食器を洗い、一枚も皿を割ることなく終えることができた。広翔だってやればできる。

「ねえ、ヒロトくんはピアノがひけるの？」

唐突に光流にそう聞かれ、嘘をつく理由もないので「弾けるよ」と答えた。光流は隣の部屋からキャスター付きのおおきなオモチャ箱を引いてきて、その中からちいさなキーボードを出した。パンの頭の有名なキャラクターが描かれている、半分オモチャのようなものだ。三オクターブくらいの鍵盤数しかない。

「あのねぇ、これひける？」

「弾いてみようか」

スイッチを入れて、アニメの主題歌をサッと弾いてみせた。光流は「じょうず！」と喜び、もっと弾いてとねだってくる。楽しい休日のお礼のつもりで、広翔は思いつく限り童謡やアニメの歌をつぎつぎと弾いていった。

光流は知っているメロディが流れると元気いっぱいで歌い出す。創作のフリもつくので面白い。いつのまにか立石が携帯電話で光流のダンスを撮影していた。大真面目に「光流、いいぞ」とか「そうだ、その調子」とか声をかけているところは、ほとんど親バカだ。いや、甥バカか。あまりにも楽しくて広翔は笑いっぱなしだった。

大騒ぎのダンスタイムは光流がへとへとに疲れて終了した。スポーツドリンクをコップ一杯飲んで、光流はお昼寝タイムに突入する。立石がリビングの隅に昼寝用と思われる長方形のマットを広げると、ふらふらとそこに歩いていってぱったりと倒れた。そのまま行き倒れのようなポーズですやすやと寝はじめてしまう。

幼児は限界まで動いて、電池が切れるようにして寝るというのは本当だ。立石が光流の上に新幹線の柄のタオルケットをかけた。レイコがそっとマットに沿うように体を横たえ、光流の寝顔が見える位置で顔を止める。遊びに身も心も満たされて眠る光流と、それを優しく見守る立石とレイコ。まるで宗教画のようなシーンを、広翔はちょっとばかり感動して見つめた。

やがて立石が光流をレイコに任せてそばを離れ、「お茶を淹《い》れよう」とキッチンカウンターの向こうに行った。広翔は「ありがとうございます」と言ってオモチャをざっと片付け、ダイニングテーブルに移動する。

香り豊かな紅茶が、耐熱ガラスのティーカップでそっと差し出された。琥珀《こはく》色のきれいなお茶が美しい。料理上手な立石は、お茶を淹れるのも上手だ。いただきます、とありがたく受け取った。大笑いしたり、光流といっしょに歌のフレーズを口ずさんだりしていたから、すごく喉が渇いていたようだ。熱いお茶が美味しかった。

立石も自分のティーカップを持ち、椅子に座った。なんと広翔の隣だ。四人掛けのテーブルで、さっきの昼食時には向かいあって座った。公園のベンチで隣りあって座ったことはあっても、それとこれとは意味がちがうように思う。

にわかに緊張した広翔に構うことなく、立石は体ごと横に向けて話しかけてきた。

「君のピアノは楽しくていいね。もっと聞きたい。ちゃんとしたピアノで」

「楽しいって言ってもらえて嬉しいですけど、さっきのはアニメソングと童謡ですから、けっこうだ

TRAIN

れでも弾けるんじゃないかな」

「単純に譜面通りに弾けることと、楽しく歌ったり踊ったりできるものとはちがうだろう」

そんなふうに言ってもらえるとやはり嬉しい。「ありがとうございます」と照れながら頭を下げた。

「君は音大のピアノ科だよな。ぜひ本物のピアノで君の演奏を聴いてみたい。あいにくと我が家にはピアノがない。君の家には当然あるよな？」

「いえ……祖父の家にはありません」

この話をするのは辛いが、嘘はつけない。広翔のピアノを聴きたいと言ってくれた立石に、恥ずかしながら事情を話すことにした。

「両親と住んでいた家には、アップライトピアノがありました。僕がピアノを習いはじめたときに、両親が中古で買ってくれたものです。最低でも一年に一回は調律をして、大切に使っていました。僕の相棒でした。でも両親が亡くなって、僕はどうしても一人暮らしができなくて——一人っ子で甘やかされていたことにそのとき気付きました……寂しくて辛くて眠れなくなったんです。壊滅的に家事能力がなかったですし、見かねた祖父がいっしょに暮らそうと言ってくれたんです。それであの商店街に移り住みました。子供のころから祖父の店にはたびたび遊びにいっていたから知らない街ではないし、とにかくひとりでいたくなかったんです。音大への進学も決まって、卒業を待つだけの十八歳だったのに、情けないですよね」

進学を機に一人暮らしをする十八歳なんて珍しくないのに、広翔はできなかったのだ。

「情けなくなどない。覚悟を持って実家を出るのと、その気もなかったのにいきなり親を亡くして否《いや》応《おう》なくひとりになるのとでは、まったく事情がちがうだろう」

　立石はそう言ってくれ、広翔は「ありがとうございます」と頭を下げた。

「それで君はあの祖父の家にピアノを持っていかなかったのか？」

「当初はもちろん持っていくつもりでした。でも祖父の家に入らなかったんです」

　玄関への路地が狭くてピアノが入らず、二階にクレーンで上げようにも商店街のアーケードが邪魔でそれもできない。蕎麦屋の方の扉を外せば一階の居間に運びこむことはできただろうが、家が古いので床の補強をしなければ危ないと大工に言われた。

　ピアノの搬送と床の補強、防音工事、動かしたことで絶対に音が狂うので調律師を呼ぶこと。すべてにお金がかかる。両親の葬式は貯金でまかない、保険金は丸々残っていたが、広翔の四年間の学費でぎりぎりというところだった。できるだけ残しておきたい。

　広翔は苦渋の選択を迫られた。

「進学先の音大は私立で、学費がそこそこ高いから設備は整っているという話でした。在籍している学生は構内のレッスン室を自由に使えると聞いていたから、自宅にピアノがなくても大学で練習すればなんとかなると思ったんです」

　広翔は両親との思い出が詰まった家を手放し、ピアノは専門業者に引き取ってもらった。苦渋の決断だった。

「なんとかなったのか？」

「なりませんでした」

ははは、と広翔は乾いた笑い声をたてる。

「学生の人数分のレッスン室があるはずないって、すこし考えればわかりますよね。でも僕はとにかく一人暮らしから解放されたくて、思考力がストップしていたのかもしれません。レッスン室は予約制で、早い者勝ちなんです。競争に負けると部屋が使えなくてレッスンできない……」

「じゃあどうするんだ」

「大学で練習できないときは、バイト先のピアノを使わせてもらっていました。音楽教室の講師のバイトをしているので、空いた時間にピアノを使ってもいいと言ってもらっていたんです。でもそれも、もうダメみたいで、頭が痛いです」

「なぜダメになった」

「所長が代わったんです。全国展開している音楽教室なので、責任者の所長は数年ごとに人事異動があります。僕に練習の許可を出してくれていた所長がいなくなって、代わりに来たあたらしい所長は規律に厳しい人でした。教室の楽器を仕事以外に使うなと言われてしまい――」

「それは酷《ひど》いな」

「でも教室の楽器を私用に使うのは、もともとダメだったんです。任されている仕事のために練習することは、もちろんＯＫですけど、大学の課題曲の練習なんてしてはいけないのは当然です」

「そうか……」

うむ、と立石は紅茶を一口飲んで考えこむ。渋い表情を見せる立石は、広翔の現状を憂い、同情してくれているようだ。

「君はいま何年生だ？」

「三年です」

「あと一年半か。練習場所の確保は最重要の問題だな」

「なんとかレッスン室の予約競争を闘っています」

「でも土日に練習できないのは辛いだろう」

「そうですね。できれば毎日弾きたいです。時間を無駄にしたくないので、部屋を確保できなかった日にはバイトを入れていますし――」

「もしかして俺たちに会っている日も、レッスン室が押さえられなかった日か」

「そうです」

えへ、と笑ったら、立石も口元を綻ばせて笑ってくれた。

「ああ、なんか、立石さんに話を聞いてもらったら、ちょっとスッキリしました。こんなこと、大学の同期には愚痴れないし、祖父には当然言えないし……胸に溜まるばかりで重かったんです。それが立石さんに話すことで、すこしばかり軽くなりました」

「話してくれてありがとう。君にとって大切なことを打ち明けてもらえるほどに親しくなれたと思ってもいいか」

「そんなの、もちろんですよ」

あらためてそんなことを言われて、広翔は顔が熱くなりそうだ。

「土日の練習場所については担当の教授にも相談しているので、なんとかなるかもしれません。まだわかりませんけど」

　これから卒業に向けて、課題曲はどんどん増えていく。練習場所の確保は急務だった。なんとかしないと、落第ということになったら大変だ。余分な学費などない。足りないくらいなのだから。

　さすがに学費の悩みは立石に打ち明けられないので、言わないでおいた。

「ピアノか……。君の力になれたらいいんだが、俺は音楽関係にはまったく疎くて、ツテを探すのは難しそうだ」

「そんなの、立石さんは関係ないんですから、気にしないでください。そんなふうに思ってくれただけで、僕は嬉しいです」

「関係ないなんて言わないでほしい。俺たちのあいだには、もう信頼関係はできているだろう？」

　隣の席から顔を覗きこむようにされて、ドキッとする。立石の目はいつもまっすぐに広翔を見る。切れ長の目でじっと見つめられると、やっぱり顔がじわじわと熱くなってきた。意識しまくっている自分が情けない。立石はきっとなにも考えていないのに。

　頬が真っ赤になる前にと焦り気味に目を逸《そ》らしたが、顔にびしびしと視線を感じる。どうしてそんなに見るのかと、尋ねてみたい衝動に駆られた。しかし「意味などない。なんとなく」なんて答えられたらショックを受けそうだったので聞けない。

　それでも無言で凝視され続けていたら、気になってたまらない。紅茶を飲みながら、ちらりと視線を動かした。しっかり立石と目が合う。

（わーっ、もう、もう、カッコいいのに、どうしてそんなまっすぐに見るの？）

頬だけでなく耳が燃えるように熱くなってきた。こんなあからさまに反応してしまう自分に、広翔はほとほと困った。

「広翔」

立石が手を伸ばし、テーブルの上に出していた広翔の手にそっと触れてきた。きゅっと握られて、心臓が跳ね上がる。

「呼び捨てにしてもいいか？」

「は、はい」

一回り以上も年上なのだから、親しみをこめて呼び捨てにしてくれるのはまったく構わない。立石に名前を呼ばれるだけで、広翔は嬉しい。

「君も俺の呼び方を変えたらどうかな」

「え？　変えるってどんなふうに？」

「いつまでも立石さんでは他人行儀すぎるだろう。尚行と呼んでくれればいい」

「それは無理です。一回り以上も年上の人を呼び捨てになんてできませんよ」

「そうか？　じゃあ、どうする？」

どうすると聞かれても困ってしまう。立石の呼び方を変えようとは思っていなかったからだ。

（たとえば、光流くんみたいに愛称でナオって呼んだらどうかな？　でもさすがにそれはやりすぎだよね。ナオさん、ってどうだろう？）

想像してみただけで顔が熱くなってくる。

「なにか思いついたのか？」

「え……まあ……でもそれはちょっと……」

「教えてくれ。どんなだ？」

「無理です。無理。とうぶん立石さん呼びでいいです」

「とうぶん？　では、いつかは呼び方を変えてくれるということか？」

「そういうの、ズルいと思います」

つい拗《す》ねたように唇を尖らせてしまう。立石が笑ったので、広翔もつられて笑った。

「んー……おしっこ……」

寝ていた光流がもぞもぞと動いて、こちらを見た。ぱっと立石が立ち上がり、光流に歩み寄る。

「おしっこか？」

「うん……」

まだ寝惚《ねぼ》けている光流をひょいと抱え上げ、立石はリビングを飛び出していく。しばらくしてトイレで水が流される音がかすかに聞こえた。

脳内だけで「ナオさん」と呼びかけてみて、やっぱり恥ずかしさにひとりで悶える。

「ヒロトくーん、こっち」

昼寝から起きた光流は充電が完了したのか元気で、広翔を自分の部屋に案内してくれた。ここは立石が一人暮らしをしている自宅のはずだが、光流にも部屋があったのだ。５ＬＤＫもあるというから、すごいマンションだ。

六畳ほどの洋間には、シングルサイズのベッドと学習机が置かれていた。寝具の柄は当然のように新幹線と特急電車だ。そして壁には電車のカレンダーがかけられている。床にはプラレールが広げられていた。それを踏まないように部屋の中にお邪魔する。

「光流くんは、ここでひとりで寝ているの？」

「うん、ねるの。ときどきはナオといっしょにねるけど、よるでもおしごとがあるからね」

「ああ、なるほど」

立石は光流の送迎のために時短で働いているらしいので、夜中に持ち帰りの仕事をしている日もあるのだろう。

学習机の上にアクリル製のフォトスタンドがあるのを見つけた。嫌な感じに胸がドキッとする。写真には、立石と光流、そしてもうひとり、若い女性が写っていた。

どこかの海辺だろうか、家族旅行にしか見えない。立石はＴシャツとハーフパンツというラフな格好で、胸にサングラスを引っかけている。女性は華やかな花柄のシャツを着て笑っていた。光流もご機嫌な笑顔だ。

立石と女性はお似合いに見えた。女性はとても美人で、スタイルもいい。二十代半ばくらいだろうか、モデルのように洗練されている。もし立石の恋人ならば、彼は普通に異性愛者で、こんな美人が好みだということだ。そして光流が懐くくらいには親しい付き合いをしている……。

「それはねえ、きょねんのおきなわりょこう！」

「沖縄《おきなわ》に行ったんだ」

「ナオと、ぼくと、ママ」

光流がひとりずつ指を差して教えてくれた。

「ママ？　光流くんのママなの？」

「そうだよ、ぼくのママ」

ということは、立石の妹だ。恋人ではなかった……。安堵して、すぐにがっくりする。

（ああもう、完全にハマってるよ。どうすんの）

ほのかな好意どころではない、完全に立石を好きになっている。こんなかたちで自覚するなんて。並んで写真におさまっているだけの人に嫉妬《しっと》して、泣きたくなるくらいに辛くなるのが、恋以外のなんだというのだろうか。

　さっき握られた手を、もう片方の手で包みこむようにしてみる。立石にとって、自分は散歩の途中でちょっと仲良くなっただけの学生で、住む世界がちがうからきっと好奇心で気にかけてくれているだけだろう。望みなんてカケラもないのに。

「光流くんのママ、すごくきれいだね」

「ママはきれいだよー。だってモデルさんだもん」

「そうなの？」

「そうだよ」

広翔はもう一度よく写真を見てみた。たしかに、どこかで見かけたことがあるような――。

「光流、そういえば歌織の写真が――」

開けたままのドアから立石が飛びこんできた。広翔と光流がフォトスタンドを前に話している図を発見し、どこかが痛いような表情になる。

「いまね、ママのしゃしんを、ヒロトくんとみてたの」

「そうだな。大切なママだからな」

立石はゴホンと咳払《せきばら》いをして姿勢を正し、「そろそろレイコの散歩に行かないか？」と言ってきた。

光流の部屋の時計を見てみると、すでに夕方だった。もうすぐ六月になるせいか、ずいぶんと日が長くなってきた。まだ窓の外は明るくて、すっかり長居をしてしまったことに気付かなかった。

「あの、僕は帰ります」

「かえっちゃうの？」

光流に悲しそうな顔で見上げられると気持ちがぐらぐら揺れるが、日曜日とはいえ広翔にはやらねばならぬことがある。家事だ。午前中に掃除を半分だけしてきた。残りの半分をやらなければならない。祖父はいまごろ仕込みの真っ最中で、もうすぐ夜の営業がはじまる時間だ。

「もう帰るのか？」

「家事を半分残してきました」

「夕食の支度か？」

「いいえ、今日は蕎麦屋の営業日なので、夕食は作らなくていいんです。祖父がまかない飯を用意してくれるので。残してきたのは掃除です」

「掃除か」

立石は残念そうだ。帰る理由が食事の支度なら、なにか持たせてくれるつもりだったのかもしれない。

「家事があるなら仕方がないな。タクシーを呼ぶから、すこし待て」

「いえ、そんな、公共の交通機関で帰るので、最寄りの駅かバス停を教えてください」

「いやダメだ。タクシーで帰れ。料金はこっちが払う」

有無を言わさない断固とした態度で、立石はパンツの尻ポケットから携帯電話を出し、タクシー会社に配車を頼んでしまった。

「五分で来るそうだ。帰る用意をしなさい」

立石はテキパキとキッチンで動き出した。やっぱりなにか食べ物を持ち帰らせてくれるらしい。プラスチックの保存容器をいくつかと、瓶詰めのなにかを洋菓子店の紙袋に入れ、「ほら」と広翔に差し出してくる。

「明日の朝にでも食べろ」

「ありがとうございます」

恐縮しながらも受け取ると、立石は満足そうに頷く。レイコの首輪にリードを繋げ、散歩グッズを入れたミニトートバッグを光流に持たせると、立石は「さあ、行くぞ」と号令をかけた。マンションの前までいっしょに行こう、ということらしい。

三人と一匹でエレベーターに乗り、一階まで下りて外に出た。タクシーがちょうど到着したところだった。立石が素早く運転手にお金を渡してしまう。甘えてしまっていいのだろうか。行きはわざわざ迎えにきてもらったし、帰りはタクシーなんて贅沢《ぜいたく》すぎるように思うのは、広翔が立石とは住む世界がちがう庶民だからか。

「広翔、また連絡する。今日は楽しかったぞ」

「ぼくもたのしかったー」

立石と光流、そしてレイコに見送られて、広翔はタクシーで帰ることとなった。運転手はいかにもセレブな立石と広翔が仲間だと思ったらしく、ご機嫌であれこれと話しかけてくる。適当に相槌を打ちながら、広翔はぼんやりと車窓を眺めた。不意に、肌も露《あら》わな美女が艶《あで》やかに微笑む大きな看板が目に入った。

(あ……、いまのって……)

テレビでCMがばんばん流れているような大手のエステティック会社の看板だ。

(光流くんのママ?)

ついさっき光流の部屋で見た写真の美女と同一人物ではないか? 看板の写真は完璧にメイクされていたから、家族旅行の写真とは印象がちがった。けれど目鼻立ちとスタイルが似ている。

(たしか、あのモデルさんって、ほかの広告にも……)

あまりテレビや雑誌を見ないので広翔の業界知識は乏しい。それでも彼女が売れっ子モデルであることくらい知っていた。もう十年以上も第一線で活躍しているはずだ。

(名前、なんだっけ。えーと、えーと……)

思い出せなくて、広翔は携帯電話で検索をかけた。エステ会社でまず調べてみれば、すぐにモデルの名前が出てきた。歌織、とある。

（そうだ、歌織だ）

そういえば、立石が「歌織の写真」とかなんとか言いながら、光流の部屋に入ってこなかったか？

本当に光流の母親なのか、つぎにモデル歌織のプロフィールを検索してみた。

歌織は二十代半ばにしか見えないが、実際は今年で三十歳だった。十代のころからモデルとして働き出し、現在はファッションプロデューサーとしても成功しているらしい。裕福な家庭で育っているが、みずからの美貌と才覚で一財産を築いている、と称賛されていた。

私生活では二十三歳で若手俳優と授かり婚。翌年に男児を出産。二十七歳で離婚――。

子供を産んだのは六年前。光流の年齢と一致する。シングルマザーなのも。

モデルの歌織は光流の母親なのだ。立石の妹ということになるが、顔はあまり似ていない。

（光流くんのパパは、この人か……。顔を見たことがあるような、ないような）

光流の父親は現在二十八歳の俳優で、主役級ではないがあちらこちらのテレビドラマに出ているようだ。ドラマを見ない広翔はよく知らない。けれど顔の印象は光流になんとなく似ていた。

光流は両親の顔のいいとこ取りをした感じだ。人見知りをしないし利発だから、きっと子役としてデビューしないかという誘いがいままであったにちがいない。親にその気がなくて、甥を溺愛している立石が反対したなら実現はしないだろうが、広翔はちょっと見てみたいなと思った。可愛い光流を世間一般の人たちに見せびらかしたい気持ちがある。

（僕は部外者だからなにも言えないけどね）

懐いてくれている光流と、その保護者の立石。知り合い以上の友達ポジションになるには、もっと時間が必要だろう。立石への恋を自覚してしまったいま、それを隠して付き合うという器用なことが、自分にできるだろうか。

いつ恋心がバレるか、ひやひやしながら付き合っていくのは大変そうだ。かといって、これきりにしたくない。立石に会いたいし、光流のことも大好きだ。もちろんレイコも。

(また自宅に招待してくれるかな)

つぎに招待されたときはレイコの散歩に付き合えるよう、家事を片付けてから出かけよう。時間を上手に使わないと。

歌織のプロフィールにあった「裕福な家庭で育っている」という部分が気になった。それはつまり立石の実家ということだ。立石家とはいったいどんな家庭だったのだろうか。

芸能人の検索なんていままでしたことがないのに、引き続きいろいろと調べてしまった。タクシーの運転手は広翔が生返事なのに気付いたか、いつのまにか話しかけなくなっている。静かな車内で、広翔は黙々と検索した。

すると、歌織の実家について具体的なことが出てきた。父親が「花角不動産」の元社長で、祖父が創業者。現在は兄が社長の地位に就いている、とあった。

(えっ、兄が社長?　立石さん、不動産屋の社長だったの?)

どうりでタワーマンションの上階に住んでいるはずだ。祖父の代からの不動産業で稼ぎ、立石たちは裕福な家庭で育ったということか。

（花角不動産……どこかで聞いたことがあるような……）

どこで聞いたんだろう、と記憶をたどっていたら、タクシーが止まった。外を見れば、ハッピーグッド商店街の前だ。

「ここでいいですか？」

広翔は運転手に礼を言い、タクシーを降りた。

◇

広翔を乗せて去っていくタクシーを見送り、尚行と光流はレイコの散歩をした。いつものコースを光流の歩調に合わせて歩く。そのあいだ、尚行はずっと広翔のことを考えていた。

（マズいかもしれない……）

うっかりしていた。光流の部屋に歌織の写真があるのを忘れていたのだ。痛恨のミス。あの写真の歌織は日焼け止めしか顔に塗っていなくて、メイクらしいメイクはほとんどしていなかった。だからすぐにはモデルの歌織とはわからないかもしれないが、そんなのは楽観的すぎる。

妹の歌織は十代の半ばからモデルの仕事をはじめ、立石家の権力に頼ることなく、その身ひとつで成り上がった。二十代前半で結婚と出産を経験したが、その後もただ前進あるのみといった感じで仕事をしまくっている。そのバイタリティーには尚行も脱帽するほどだ。だから頼まれれば光流を預かるし、歌織の仕事の邪魔にならないよう、自分は表に出ないようにしてきた。

しかし歌織は有名人だ。隠していても実家が花角不動産であることは、あちらこちらに書かれてしまっている。ちょっと検索すれば花角不動産の名前は出てくるだろう。そして現在の社長が尚行だということも。

広翔は商店街の再開発事業を進めているのが花角不動産だと知っているだろうか。さっきの反応だと気付いていない感じだった。けれどいつ気付くかわからない。尚行はそのうち自分の口から説明するつもりだった。出会いが偶然ではないこと、けれど親しくなりたいと思ったのは立ち退き問題とは無関係であること、純粋に広翔と友好を深めたいと思っただけだと——。

説明する前に正体が知られてしまったら、どうなる？　騙されたと思うに決まっている。菱田が言うように、仲良くしない方がよかったのか。いやでも、広翔が可愛くて、親しくなりたかった。どうしよう。

ぐるぐるしながら散歩を終えて自宅マンションに戻る。光流がレイコに水をあげているのを横目に、尚行は菱田に電話をかけた。

『社長、どうしました？』

日曜日なのに菱田はコール音一回で出てくれた。

「非常事態だ。いますぐうちに来てくれないか」

『わかりました』

尚行がよほど深刻な声をしていたのか、菱田はあれこれと理由を聞くことなく応じてくれた。

尚行の専属秘書である菱田は、隣のマンションに住んでいる。歩いて五分もかからない。走れば三分だ。もしものときのために、この部屋の合鍵とエントランスの暗証番号も知っている。

三分後、ピンポーンと玄関の呼び鈴が鳴った。インターホンで応じ、「入れ」と命じると合鍵でロックを解除して入ってきた。派手な柄シャツと変な光沢のあるパンツを穿いた菱田は、いつもの休日スタイルだ。ファッションセンスが異常レベルの菱田とは、休日にあまり会いたくない。できれば休日もスーツを着用していてもらいたいくらいだ。しかし今日は非常事態だから仕方がない。

「あ、ひしださん、こんにちは」

礼儀作法がきっちり入っている光流が菱田に挨拶する。「こんにちは、光流くん」と返したあと、菱田は尚行に向き直り、「それで、なにがあったんですか？」と聞いてきた。

「今日は蕎麦屋の息子がここに遊びにくるはずだったんじゃないですか」

「もう来て帰った」

「もう帰った？　なにか社長が失礼なことを言ったりしたりしたんじゃないでしょうね。たとえば無理やりキスしたとか、押し倒したとか、一物を見せたとか」

「おい、俺を変質者にするな。そんなことはしていない」

「だったらこんなに早く帰るなんておかしいでしょう。なにをしたんです」

「だからなにもしていないって」

「非常事態の中身はてっきり蕎麦屋の孫に関することだと思っていたんですが、ちがいますか？」

「いや、当たっている。じつは――」

かいつまんで今日の出来事を話したら、菱田の眉間に深い皺が刻まれた。盛大なため息をつき、頭をぐらぐらと左右に揺すっている。

「あんた、バカですか。正体を明かす前に歌織さんの写真を見られた？　それが光流くんの母親だと知られた……って、もうどうするんですか。歌織さんの名前で検索かければ、花角不動産の社名なんて一発で出ますよ！」

「そうなんだ、どうしよう」

「どうしようじゃないです。ああもう、なにのんびりしているんですか。いますぐ追いかけなさい」

菱田がビシッと玄関を指さした。

「このまま蕎麦屋の孫と決裂したら、立ち退き問題がいっそう拗《こじ》れる可能性が高い。そんなのはごめんです。再開発計画のためにも、ぜひ蕎麦屋の孫を完全に落としてください」

「お、落とす？」

「そのつもりでアプローチしていたんでしょう？」

「いや、その、俺は」

「胸がきゅんきゅんするのは恋だって教えたでしょう。自覚したんじゃなかったんですか」

「たしかに広翔は可愛い。光流への家族愛とはちがう種類の愛しさを感じている。だが——」

「家族愛と恋愛のちがいは、欲望を伴うかどうかです。彼をどうこうしたいと思ったことはないんですか」

「どうこう……」

さっきピアノの事情を打ち明けられたときは、体の奥からなにか熱い感情がぐわっと膨れ上がってきて、衝動的に抱きしめてしまいそうになり危なかった。

広翔のためになにかしてあげられることはないか、どうすれば広翔は悲しい顔をせずに済むか、いつも笑っていてもらうためには自分はなにをすればいいのか——そんなことばかりが頭を支配した。

こんな気持ちになったのははじめてだった。特定のだれかのために尽力したいなんて、尚行はいままで思ったことがなかったのだ。

広翔への不可思議な反応を菱田に相談したとき、恋だと指摘されて戸惑った。そのまま答えは保留にしていた。認めるのが怖かったのかもしれない。この年まで尚行は自分の在り方に一切疑問を抱いたことがなかったから、いまさら未知の経験をすることに躊躇している。

「俺は、広翔を……」

好きなのか。

今日はとても楽しかった。尚行が作った料理を広翔はとても美味しそうに食べてくれ、その様子を見ているだけで全身にパワーが漲《みなぎ》った。もっといろいろとおもてなしをしたいと考えていたのに、夕食を前に帰宅してしまったのだ。

「……そうか、俺は……」

広翔を好きなのだ。なんでもしてあげたいと思うくらいに、好きなのだ。

なんだったら今日、泊まっていってくれてもよかった。夕食だけでなく、風呂の世話もしてあげたい。全身を洗って、ふかふかのタオルで拭いて、とびきりの柔軟剤でいい香りに仕上げたパジャマを着せてあげて、糊《のり》のきいたシーツを敷いた来客用の布団に寝かせ、添い寝してあげたい。腕枕なんかができたら最高だろう。広翔の寝顔はきっと愛らしいにちがいない。

「社長、脳内の妄想が口からこぼれ出ていますよ」

菱田に指摘されてハッとする。うっかり言葉にしていたようだ。

「はっきりと自覚したようなので、いまあなたがすべきことはもうわかりましたね」

尚行はこくりと頷く。

「ではすぐにでも蕎麦屋の孫を追いかけて、釈明してきてください。そして、できれば落としてきてください」

「落とせるかな」

「落とすんです、絶対に。ほら、さっさと行け」

急《せ》かされて、尚行はジャケットを羽織り、携帯電話と財布をポケットに突っ込んだ。

「私はここに残って光流くんとレイコを見ています」

「頼む」

「蕎麦屋の孫が騙されたと激怒していたら、土下座でもなんでもして許しを請うんですよ。仕事と恋、両方を失いたくなかったら、なりふり構っていられません。完全に口説き落としてきてください。頼みますよ」

「わかった。行ってくる」

尚行は自宅を飛び出した

◇

「ただいまー」

玄関ドアを開けて家の奥へ声をかけると、「おかえり」と祖父の返事があった。洗面所の方から出てきた茂則の顔を見て、広翔は「ん？」と首を傾《かし》げた。

「お祖父ちゃん、体調悪い？　ちょっと顔色がいつもとちがうように見えるんだけど」

「んー……そうかな。今朝から怠《だる》いんだが、風邪でも引いたかな」

「熱は？」

広翔は茂則の額に触れてみた。とくに発熱はないようだ。体調が悪いながらも仕込みは済ませたらしく、茂則はいつもの作務衣《さむえ》に着替えている。

「無理に店を開けなくてもいいんじゃない？」

「そうだな……。でもまあ、とりあえずは開ける。どうしても無理そうなら、早仕舞いにしよう」

かなりゆっくりとした動きで茂則は店の厨房《ちゅうぼう》へと通じるドアの向こうへ行った。

とても心配だ。よほどのことがない限り、祖父は定休日以外に店を休まない。もう高齢だし、ひとりで店を回しているのだから、週休二日にしてもいいくらいだと広翔は思っている。けれど茂則はこれまでの働き方をなかなか変えられないようだった。祖父の気持ちを尊重したいけれど——。

広翔はひとつため息をついて、こたつテーブルに座った。テーブルの上には見覚えのあるファイルが置いてあった。再開発関係の書類が入ったものだ。

茂則はこれを眺めていて、ストレスのせいで顔色が悪くなっていたのかもしれない。広翔はファイルをめくってみた。いままで関わらないでおこうと、あえて見ないようにしていたが、祖父のストレスの原因を知っておくことも大切だろう。家族なのだから。

几帳面な茂則は、第一回目の地域説明会のときのものから丁寧にファイルしてある。何ページかめくっていって、広翔の手が止まった。再開発業者の会社パンフレットが挟まれていた。会社名は花角不動産——。

「……え？　花角不動産って……」

光流の母親、歌織の実家だ。そして、立石が社長をしているという不動産屋。

そうだ、どこかで聞いたことがある社名だと思ったのだ。どうして気付かなかったのだろう。このハッピーグッド商店街の再開発を進めているのは、花角不動産だ。昔からこの地に住んでいる茂則たちを立ち退かせようとしている——。

「……つまり、どういうこと？」

反対派のリーダーの孫である広翔に、開発業者のトップである立石が接触をはかったということ？

「嘘……」

出会いは偶然ではなかったのか？

「やだよ、嘘でしょ」

嘘だ、なにかのまちがいだと思いたい。広翔は震える手でファイルから花角不動産のパンフレットを抜き取った。開いてみて打ちのめされる。そこには立石の写真があった。小さいサイズだったが、はっきりと立石だとわかる。

写真には「代表取締役社長　立石尚行」とあった。まちがいなく、立石は花角不動産の社長なのだ。

混乱してきて、広翔は両手で頭を抱えた。

自分たちの出会いが偶然ではなく謀られたものだったなんて信じたくない。信じたくないが、いろいろと疑問に思っていたことがこれでつじつまがあってしまう。

出会いの公園が立石の自宅から遠いことだ。幼稚園児と犬を連れて、わざわざ足を伸ばすほどの公園ではない。なぜあそこにいたのか。なぜ広翔に声をかけたのか。そしてなぜ初対面の広翔にお節介なほど優しくしたのか。

広翔の素性を知っていて、計画的に近づいたのだとしたら。

立石が茂則を説得する手段のひとつとして広翔を懐柔しようとしたのなら、それは半ば成功しかけている。広翔は立石を信用しきっていた。それだけでなく好きになってしまった。光流とレイコも可愛いし、ちょっと変則的ではあるけれど、家族っぽい温かさに幸せを感じてもいた。すべてが茂則攻略のためのものだったとしても、広翔が彼らに幸福を与えてもらっていたことは本当だ。

出会ってから今日まで、とても楽しかった。祖父との二人暮らしは自分が望んだとはいえ、立ち退き問題や店の経営も絡んで息苦しく、さらに大学にかかる費用も悩みの種で、広翔をゆっくりと押しつぶしそうだった。

光流とレイコは癒しになっていたし、立石は忘れていた恋心というものを広翔に思い出させてくれた。今日も本当に楽しかった。立石の自宅に招待されてから数日間は夢見心地で、子供が遠足の日

代表取締役社長
立石 尚行

を指折り数えるように、広翔もわくわくしていたのだ。

そして今日を迎え、予想よりもずっと楽しくて帰りたくないと思うほどだった。

立石の料理はあいかわらず美味しいし、光流のダンスは見応えたっぷりで、それを見守るレイコの優しいまなざしにほっこりして、心が潤った。ピアノ事情を話してしまい、庶民的すぎる事情に立石が引かないかなと心配になったがそんなことはなかった。『話してくれてありがとう。君にとって大切なことを打ち明けてもらえるほどに親しくなれたと思ってもいいか』と言ってもらえたときは、こちらこそ聞いてくださってありがとうございます、と深々と頭を下げたくなるくらいだったし、名前を呼び捨てにされたときは、もう、もう昇天しそうなくらいに嬉しかった。

あの立石が、計画的に広翔に近づいたというのか。商店街の立ち退きのために。

騙されていたと、認めたくない。知り合ってから一度も立ち退きの話なんてしていないし、祖父の人柄を聞かれたこともない。反対派の動向について探りを入れられたこともない。

だからきっと、出会いは偶然だ――いや、こんな偶然、あるはずがない。

立ち退きの話をしたこともない――これからするつもりだったのかもしれない。この地域をよくするために再開発は必要だと立石に説明されていたら、広翔は納得していた可能性が高い。そのうえで祖父を説得してくれと頼まれていたら？　立石を信頼しきっていて、好きになってしまった広翔は頼みを断れるだろうか。もしかしたら進んで祖父を説得し、翻意を促していたかもしれない。

そこで広翔は、はたと気付いた。

自分がターゲットなら、普通は女性が近づいてくるものではないだろうか。家族愛を仕掛けるよりも恋愛を持ちこんだ方が手っ取り早そうだ。もしかして、広翔が同性に恋をする人間だと知られているのかもしれない。

サーッと頭から血の気が引いていく。

勘が鋭い人は見ただけでわかると聞いたことがある。だれかに気付かれて、それを利用しようと立石が近づいてきたのだとしたら……広翔を籠絡するための優しさだったとしたら。

「そんなこと、あるわけない……よね……」

否定したくとも、否定しきれない。だって、そうでもなければ、立石のような素敵な男の人が、自分に近づいてくるわけがないのだ。あれが嘘の優しさだったなんて、思いたくない。仕事のためならどんなことでもする人だったとも、思いたくない。

ガターン、と大きな音が聞こえてきて、広翔はハッとした。店の厨房の方から聞こえてきたような気がする。

「お祖父ちゃん？　どうしたの？」

なにか重いものでも落としたのだろうか。調理器具をはじめとする店の備品を、茂則はとても大切にしている。いままで茂則はそうしたミスをしたことはないが、加齢にともなう衰えは最近、顕著だった。

呼びかけても返事がないのを不審に思い、広翔は居間を出て店舗へと通じる扉を開けた。短い通路の右側は客用のトイレがあり、左側は厨房になる。「お祖父ちゃん」と再度呼びながら、壁をぐるりと回りこんだところで、広翔は息を飲んだ。

カウンターの向こうの床に、茂則の足が横たわっているのが見えた。

「お祖父ちゃん！」

慌てて駆け寄り、うつ伏せで倒れている茂則の顔を覗きこむ。体を起こそうとして思い留まった。むやみに触らない方がいいかもしれない。

茂則は意識があった。苦悶《くもん》の表情を浮かべ、両手で胸を押さえている。顔色は悪かった。

「お祖父ちゃん」

「……くるしい……むねが……」

「胸が苦しいの？」

茂則に心臓の持病などなかったはずだ。しかし、健康診断に行ったという話をまったく聞かないことに気付いた。何年も風邪すら引いたことがない、というのが茂則の自慢だったが、どこか悪いのかもしれない。わからなかっただけで祖父の体に大病が潜んでいたのかもしれない。

「お祖父ちゃん、いま、いま救急車を呼ぶから」

広翔は半泣きになりながら、店の電話に飛びついた。

◇

自分の車を飛ばしてハッピーグッド商店街までやってきた尚行は、蕎麦屋の周辺に人だかりがしているのを見つけて首を傾げた。いきなり大繁盛して行列ができているのだろうか。

すぐにそうではないことがわかった。人だかりの向こうで救急車の赤色灯がくるくると回っている。なにかがあったのだ。

慌てて駆けていくと、ちょうど白衣の救急隊員がストレッチャーに乗せた老人を車に運び入れるところだった。そばに付き添っているのは広翔。では老人は祖父の茂則だ。写真で見た顔よりも老けた印象だった。

ストレッチャーに続いて救急車に乗りこもうとした広翔がこちらを見た。一瞬、目が合う。

「広翔、なにがあった？」

声をかけたが、広翔は無言でスッと視線を逸らした。そのまま救急車に乗ってしまう。

緊急事態だとわかっているが、無視されたのは事実だ。ショックを受けた尚行は、愕然《がくぜん》と立ち尽くす。いつもの広翔だったら、一言、「あとで連絡します」とでも言っていただろう。

自分の素性が知られたのだ。だから広翔は無視をした。

救急車がサイレンを鳴らした。集まっていた野次馬が下がり、尚行の目の前から救急車が動き出した。商店街のアーケード下をゆっくりと移動していく。

「おい、あんた、どこかで見た顔だな。広翔の知り合いか？」

だれかが尚行に声をかけた。ハッと我に返り周囲を見回した。集まっていた野次馬は商店街の住民たちのようだ。尚行の顔をパンフレットかなにかの写真で見て、覚えている者がいたようだ。だがスーツではなくラフな格好なのではっきりと正体がわからないといったところか。

「常連客の中にはいないよな」

「でもどこかで……」

不審げなまなざしが鬱陶《うっとう》しい。素性を隠し通すつもりはないが、いまはそれどころではなかった。

「失礼」

野次馬たちをかき分けて、自分の車に駆け戻る。飛び乗ってエンジンをかけ、スピードを上げて走り出した救急車を急いで追いかけた。


救急車は最寄りの総合病院に入っていった。尚行は一般客の駐車場に車を止め、正面玄関に行く。日曜日なので一般診療は受け付けていないが、入院施設があり建物内にはけっこう人がうろうろしていた。

尚行は救急搬送された患者の同行者の待合室を探す。よくわからなくて結局は通りすがりの看護師を捕まえて尋ねた。教えられた場所に行くと、ベンチにひとり、ぽつんと広翔が座っていた。いつものショルダーバッグを胸に抱えて俯いている。

「広翔」

呼びかけに顔を上げた広翔は、尚行を見てぐっと唇を噛《か》んだ。一瞬、泣くかと思った。だが広翔は堪《こら》えて、強張《こわば》った顔をまた俯ける。

「お祖父さん、どうしたんだ？」

広翔の横に座り、小声で聞く。病院内はとても静かだったし、処置室のすぐ前だったからだ。

「わかりません。胸が苦しいって、倒れたんです」

声が震えていた。広翔にとって、祖父の茂則はたったひとりの家族だ。菱田が調べた結果、ほかに近い親戚はいない。茂則になにかあったらと、気が気ではないだろう。かわいそうで、尚行は衝動的に広翔の肩に腕を回し、抱き寄せた。

すると広翔が身を捩《よじ》り、尚行から逃れようとする。ショックを受けつつも無言で体を引くと、広翔はすこし尻をずらしてベンチの端に座り直した。つまり、尚行から離れたのだ。

「……それよりも、どうして立石さんはうちのまえにいたんですか。さっき別れたばかりなのに」

「それは、その……」

「立石さんは、花角不動産の社長なんですか」

広翔は自分の足下を睨《にら》みつけたまま、固い声で問い質《ただ》してきた。

やはりバレていた。光流の母親が歌織だと知られた時点で、もう遅かったのだ。もっと早く、素性を明かしていればよかったと後悔してもあとのまつりだ。

尚行がなにも言えずにいると、首が折れるのではないかと思うほど深く、広翔は項垂《うなだ》れた。

「僕たちの出会いは偶然ではなかったんですね」

「広翔……」

「意図的なものだったんですね？」

「広翔、俺の話を――」

「質問に答えてください」

観念して尚行は頷いた。

「……そうだ。でも、俺は――」

「残念です」

言い訳を許さないタイミングで言葉を投げつけられ、尚行は息を飲んだ。

「僕を手懐けてなにをさせるつもりだったんですか。土地開発は必要なことだと納得させて、祖父を説得させようと思ったんですか。酷いです。僕はあなたを信用していました。光流くんもレイコも可愛くて、僕はこんな出会いもあるんだって、幸運に感謝していたくらいです」

「広翔、待ってくれ、広翔」

「立ち退き問題に、僕はタッチしていません。あそこに住みはじめてからまだ三年目の、部外者のようなものだからです。僕はなにもできません。なにも知りません。あなたの言いなりにはなれませんから！」

覗きこんだ広翔の横顔は苦悶に歪《ゆが》み、目尻が涙で光っていた。泣かせた。好きな子を泣かせてしまった。尚行の中に猛烈な暴風雨が吹き荒れて、目の前が暗くなる。

「広翔、すまない。俺が悪かった。泣かないでくれ。全部俺が悪い」

「認めるんですね、僕が言ったこと！」

「たしかに、出会いは偶然じゃなかった。立ち退きに応じない店の家族に興味本位で近づいてみた。菱田は――菱田というのは俺の秘書なんだが、ヤツはそんなことやめろと言ったんだ。だが俺は問題なんてないと聞き入れなかった。光流とレイコを連れていけばあやしまれないだろうと、わざわざ車

に乗せて商店街の近くに行った。だが、ここまで仲良くすることは計画にはなかった。どんな人間か知りたかっただけなんだ」

「じゃあもうじゅうぶんわかったでしょう」

「わかった。わかったうえで、もっと君と仲良くなりたくて何回も会ったし、今日は自宅にも呼んだ。今日は楽しかった。君は俺の作ったものを美味しいとたくさん食べてくれたし、光流は君に懐いている。レイコも君のことは敵視していない。仲間だと認識している。最初の目的なんてもう忘れていたくらい、ものすごく楽しい一日だった」

「僕だって楽しかったですよ。だからこそ、騙されていたことが悲しくて、僕は……」

顔を上げた広翔の両目から、ボロッと大粒の涙がこぼれ落ちた。ひいいぃと尚行は悲鳴を上げそうになった。続けてボロボロと涙を落とす広翔に、尚行はどうしていいかわからない。

「ひ、広翔、すまない、泣かないでくれ、広翔」

ぐっと唇をひき結び、嗚咽《おえつ》ひとつ漏らさずに、ただ涙を流しながら広翔は尚行を睨んでいる。責められている事実に、尚行は胸が潰れそうに痛んだ。

「広翔……」

黙って泣いている広翔は、尚行から視線を逸らさない。もしかして弁解を待ってくれているのでは、と思いつき、尚行は背筋を正した。膝に手をつき、頭を下げる。

「悪かった。この通りだ」

めったに下げたことのない頭を下げる。というか、プライベートで頭を下げたことなど皆無だ。しかし泣いている広翔の前では、尚行のプライドなど塵《ちり》ほどの価値もない。

「君を騙すつもりはなかったが、結果的にそうなってしまったのは俺が悪い。もっとほかにやりようはあったと、いまになって後悔している。君と親しくなればなるほど、素性を明かすのが怖くなった。いつ言おうか、どんなふうに言おうかと、ぐだぐだしているうちに日がたった。君を懐柔してお祖父さんを説得してもらおうなんてことは、考えていなかった。それだけは信じてくれ。俺はただ、どんなふうにしたら君が喜んでくれるか、笑ってくれるか、そればかりで頭がいっぱいで」

「嘘だ、そんなの」

広翔がくしゃっと顔を歪め、またあらたにどっと涙を溢れさせる。泣き止《や》んでもらいたくて弁解しているのに、なぜいっそう泣くのか。

「嘘じゃない。俺は、自分の素性とか、君に黙っていたことはあるが、嘘はついていない」

ううう、と広翔がちいさく呻く。小柄な広翔が、いつもよりもっとちいさく見えて、慰めたくて抱きしめたくて尚行は両手をわきわきさせた。触れていいのだろうか。さっき嫌がられた。でもこの場合、優しく抱きしめるのはアリなんじゃないか。いやいや、いきなり抱きしめたらダメだ。それが慰めのためでも、こちらにはよこしまな気持ちがある。

「静かにしてください」

いきなり処置室の扉がガラッと開いて、女性の看護師に注意された。尚行は慌てて両手を下ろす。

「さきほど搬送された男性のご家族ですよね。医師が説明しますので、こちらに」

看護師が広翔を促した。尚行は「親戚です」と、しれっとした顔でついていく。広翔が咎《とが》めるような目で見てきたが、気付かないふりをした。

処置室の一画に、茂則が横たわっていた。キャスター付きのベッドに、着ていた作務衣の前をはだけさせられ、胸に心電図のパッドを取り付けられている。左腕には点滴。顔には酸素マスク。眠っているのか、目を閉じてじっとしている。顔色は悪かった。

その場で白衣姿の中年医師から、ザッと説明があった。

「心電図のモニターがこちらですが、若干、乱れがあります。もっと精密な検査をしてみないとはっきりとした診断はできませんが、脳には異常がないので、心臓に原因があるのかもしれません」

「心臓……祖父には心臓の持病なんてなかったはずです」

広翔が弱々しい声で訴える。医師は小首を傾げ、考えながら尋ねてきた。

「ここ数年、運動をすると胸が苦しいとか、疲れが溜まってくると倦怠《けんたい》感があるとか、言っていませんでしたか」

「それは、ありました。自宅が二階建てなんですけど、階段を上がるのも辛いときが……。でもそれは高齢だからと思っていて」

「加齢による体力の衰えと混同されがちなんですが、たとえば心臓弁膜症などでは、そうした症状が出ます」

「心臓弁膜症……」

広翔がぐらりと体をよろけさせたので、尚行はそっと支えた。

「ただ緊急を要する状態ではないので、いまのところ命に別状はありません。このまま入院してもらって精密検査を受けることをオススメします。仮に心臓弁膜症ならば、投薬で症状が改善されることもありますし、重症ならば外科的手術が必要になることもあります」

はい、と頷いている広翔だが、目が虚《うつ》ろだ。泣いたばかりで目元が赤く、いまにも儚《はかな》く消えてしまいそうなほどだった。

看護師に、「完全看護なので付き添いは必要ないが、入院に必要な日用品を用意してほしい」と言われて、尚行は広翔を抱えるようにして外に出た。広翔は言葉もなく、尚行にされるがままだ。茂則の病状がショックで、尚行を拒む余裕がないのだろう。

広翔を自分の車に乗せ、尚行はハッピーグッド商店街へ向かった。アーケードの端までは十分ほどで到着する。広翔は冷静さを取り戻しつつあるようで、「ありがとうございました」と送ったことに礼を言った。

「ここで待っているから、病院に届ける荷物を作ったら、また俺が――」

「いえ、もう今日は結構です。ひとりで行きます。大丈夫です」

車を降りると、広翔はサッと尚行に背中を向け、しっかりとした足取りで歩き去っていく。尚行は追いかけなかった。広翔には時間が必要だと思ったからだ。

さっき、尚行はとりあえず思いを伝えた。嘘は言っていないと、広翔はわかってくれたはずだ。信用していた尚行に騙されていたとショックを受け、さらに祖父が倒れて重病である可能性を知らされたのだ。いま広翔の頭の中は混乱状態だろう。冷静にさえなれたら、きっと広翔ときちんと話ができる。そう自分に言い聞かせ、尚行はいったん自宅マンションに帰った。

帰宅した尚行はまず光流とレイコの「おかえりなさい」攻撃を受け、それを適当にあしらったあと、菱田の質問攻めにあった。

「首尾はどうでしたか。上手くいけば今日は帰らないかと思っていたんですが」

「首尾とはなんだ、首尾とは」

「あなたの正体はバレていましたか」

「バレていた」

「では蕎麦屋の孫を完全に落としたんでしょうね？」

「まだだ」

「まだ？　じゃあいままでなにをしていたんですか。口説いていたんじゃないんですか？」

冷蔵庫を開け、中の食材をざっと見回す。買い物に行かなくてもだいたいのものは作れそうだ。卵やら梅干しやらを取り出し、尚行は調理に取りかかった。

「社長、ちゃんと説明してください。この非常事態に料理ですか」

「弁当を作って広翔に届ける」

「はあ？」

眉間に皺を寄せた菱田の腕を取って引き寄せ、尚行はカウンター越しにリビングにいる光流の様子をちらりと見た。レイコと並んでテレビの幼児番組を見ている。こちらを気にしていないようだ。

「蕎麦屋の店主が倒れた」

小声で告げると、「えっ」と菱田が目を見開く。

「追いかけていって俺が商店街に着いたら、救急車が来ていた。搬送先の病院まで追いかけて診断を聞いた。たぶん心臓だそうだ。いまのところ命に別状はないが、精密検査が必要で、そのまま入院ということになった」

「それは……事態が変わりますね」

菱田が視線を落として考えこむ。その優秀な頭の中では、めまぐるしくさまざまな計算がされていることだろう。

このまま茂則が店を閉めることになったら立ち退きに応じるのか、反対派の結束はどうなるのか、交渉の持っていき方しだいでは膠着《こうちゃく》状態だった話し合いが動き出すかもしれない。

そっちは菱田を含めた社員に任せ、尚行は広翔のフォローだ。静かになった菱田の横で、卵焼きを作りはじめる。

「そういうわけで、広翔は自分の食事どころではないだろうから、俺が弁当を作って届けたい」

「わかりました。どうぞ思う存分、作ってください。井澄広翔はとりあえず倒れた蕎麦屋の店主のことで頭がいっぱいでしょうね。いますぐ社長のことを反対派に告げ口する余裕はないと思われます。あなたの弁当で絆《ほだ》されてくれたら万々歳です。ちょっと書斎をお借りします」

菱田は尚行の書斎に入っていった。そこで落ち着いて今後の対策を練るつもりだろう。

企業のトップとして、尚行は現場の細かいところまでは口出ししない。丸投げしているわけではなく、信頼しているから任せているのだ。その代わり、逐一報告は受けている。社員が失敗をしたとき、プロジェクトになにかあったときに決断をするのは尚行だし、すべての責任を負うのも尚行だ。そのための社長だと、父や祖父から教えられていた。

尚行は手早く卵焼きを完成させ、梅干しのおにぎりとほうれん草のゴマ和《あ》えを作る。そのほかにも何品か作って重箱に詰めた。

「そうだ、明日の朝食分もあるといいな」

冷蔵庫を空にする勢いで、つぎつぎとおかずを作っていった。

◇

家に帰り着いた広翔は、しばらく居間でぼうっとしていた。

早く入院用の荷物をまとめなければならないのに、体が動かない。一度にショックなことが重なると、人というのは思考力がぶっ飛んでしまうらしい。

まさか祖父が倒れるとは思ってもいなかった。ときどき体調が悪そうではあったが、単なる老化だと簡単に考えていた。心臓が悪いかもしれないなんて、思ってもいなかった。

どうしてもっと早く気付いてあげられなかったのか。病院で検査を受けることをすすめることができていたなら、発見がもっと早くて、苦しい思いをさせることなく治療できていたのではないか。いっしょに住んでいながら、気付けなかった。

日が傾いて居間が暗くなってきて、やっと広翔はのろのろと顔を上げた。重い体を動かして、店の厨房へ行ってみた。祖父が倒れたときのまま、いくつかの調理器具が床に落ちている。ステンレスのバットや菜箸を拾い、広翔は丁寧に洗った。

「あ、そうだ」

　商店街の人たちには茂則が救急搬送されたことは知れ渡っているだろうが、当然のことながらそれ以外の場所から来る客は知らない。広翔は店のファックスからコピー用紙を取り、「都合により、しばらく休みます」とペンで書いた。いついつまで、とは書けない。わからないから。

　それを扉の外に貼った。茂則に無断だが、仕方がない。

　そこまでやってから、やっと広翔に思考力が半分くらい戻ってきた。

「荷物を作ろう」

　二階の茂則の部屋に行き、押し入れからボストンバッグを引っ張り出した。そこに携帯電話で検索した入院アイテムを家中から集めた。パジャマや下着、タオル類だけでなく視力が悪い人は眼鏡も必要と書かれていたので、茂則の老眼鏡もバッグに詰める。さらに茂則の携帯電話と充電器、立ち歩けるようならスリッパと小銭、髭《ひげ》剃《そ》りと置き時計、ティッシュ――。

　そうしているうちにどんどん落ち着いてきて、とりあえずいまのところ命に別状はないという医師の言葉を信じ精密検査を待つ気持ちが出てきた。

　気付いてあげられなかったという自責の念はなくならない。けれどいつまでもうじうじと悩んでいても仕方がない。倒れたことは、きっと本人が一番ショックを受けている。祖父の前で憂うつそうな顔をしてはいけないのではないか、というところまで考えられるようになってきた。検査の結果、投薬治療で済むようであれば、自宅に帰ることができるかもしれない。ゆっくりと焦らず治療して、祖父には長生きしてもらいたい。

荷物を届けたときに茂則が目を覚ましていたら、励ましてあげよう。広翔の方が悲しい顔になっていたら、祖父が不安に思ってしまう。

「しっかりしなくちゃ」

ぐっと拳《こぶし》を握りしめた。ボストンバッグを抱えて階段を下りる。洗面所から歯磨き用のコップと買い置きの歯ブラシ、歯磨きチューブを取ってきて、それもバッグに入れた。

「こんなものかな」

ほかになにか、あった方がいいものってあるかな、と考えていたところに、ピンポーンと玄関の呼び鈴が鳴った。商店街のだれかが茂則のことを聞きにきたのかもしれない。

「はーい」

広翔は返事をしながら玄関へ行った。ドアスコープを覗きこむことなどせず、もう一度「はい」とくりかえしながらドアを開ける。そこに立っていたのは、立石だった。紫色の風呂敷で包んだ四角いものを抱えている。

まさか立石が現れるとは思っていなかったので驚いて立ち尽くした。

後味の悪い別れ方をしたのは、ほんの二時間ほど前だ。広翔はまだ立石たちとの出会いが作為的だったことを消化できていないし、もしつぎに会う機会があったら立石にどんな態度で接するか決めていなかった。

「これを渡したくて持ってきた」

　立石は抱えていた風呂敷包みを広翔に差し出してきた。つい反射的に受け取ってしまう。ずしりと重かった。

「簡単なものばかりだが弁当を作った。お祖父さんのことで君は食事もままならないかと思って。明日の分もと多めに詰めてきたから、今日中に食べきれなかったものは冷蔵庫に入れた方がいいだろう。この重箱はなにかのおまけでもらったものだから、たいした価値はない。早急に返す必要はないから、大丈夫だ」

　立石は早口でそれだけを言うと一歩下がり、両手を自分の背中に回した。手を隠すような動作は、たぶん広翔に風呂敷包みを突き返されないためだろう。

「立石さん……」

「お祖父さんが心配だろうが、君はきちんと食事と睡眠を取るように。君まで倒れたら大変だ。俺はいつでも君をサポートする準備ができている。なにかあったら連絡してくれ。なにもなくても連絡してくれていい。まあでも、君からなにもアクションがなくても、俺は勝手にメールをするし、会いにくるけどな」

　ふっと笑みを浮かべた立石に、切ない気持ちがどっと溢れそうになる。自分の想《おも》いに溺れそうになった。やっぱり好き。この人が好き。この人だけが好き。

　心の中で何十回も「好き」とくりかえしたが、言葉にはできなかった。どこかでなにかがストッパーになっていて、声にすることができない。黙っている広翔の目をじっと見つめてくる立石は、なにを思っているのだろうか。

立石が手を伸ばし、広翔の頬に触れてきた。病院で手に手を重ねてきたときとおなじ、優しくて包みこむような感触。思わず目を閉じかけて、まるでキスを待つ体勢だと気付いた。恥ずかしさにカッと顔が熱くなってくる。

立石は「じゃあ、また」と踵《きびす》を返した。大股で去っていく後ろ姿をその場で見送った。

腕に抱えた重箱は、中に詰められたものが作りたてなのか、まだほんのりと温かい。居間に戻り、風呂敷を解いた。重箱は黒地にテッセンの花の絵が描かれた小ぶりのもので、三段重ねだった。

そっと一段目の蓋を取る。鶏の唐揚げと卵焼き、ブロッコリーとプチトマトが色鮮やかだ。二段目にはウィンナーとほうれん草のゴマ和え、ニンジンのきんぴら。隅っこに柴漬け。三段目には俵型のおにぎりがきれいに並んでいた。

立石は帰宅後すぐにこの弁当を作ってくれて、わざわざ届けにきてくれたのだ。

おかずから食欲をそそるいい匂いがした。時計を見てみれば、いつもの夕食の時間をとうに過ぎている。腹が空くはずだ。

病院に荷物を届けにいく前に、ちょっとだけいただこう。広翔は箸を取ってきて、「いただきます」と両手を合わせ、鶏の唐揚げを食べた。下味がしっかりついていて美味しい。卵焼きも中まで火が通っているのに固くなくていい。梅干しのシンプルなおにぎりは、塩加減がちょうどよかった

立石はきっと、悪い人ではない。騙すつもりはなかったという言葉は、たぶん本当なのだろう。だって、こんなに美味しいご飯を作る人なのだ。

珍しいものはひとつも入っていない。けれど心がこもったおかずとおにぎり。広翔のことを考えて

作られたものが美味しいのは当然だろう。

「立石さん……」

絶妙な緩さで握られたおにぎりは、囓るたびに口の中で米がほろほろと崩れていく。美味しくて、だからこそ切なくて、病院でさんざん泣き腫らした目にあらたな涙が滲《にじ》んできた。

◇

ウォークインクローゼットの姿見に全身をうつし、尚行はネクタイを手早く結んでいく。ワイシャツの襟を立てて、朝が来るたび、もう何度こうして結んだことだろう。

結び方を最初に教わったのは、中学生のときだった。はじめて父のお供で会社関係のパーティーに出席することになり、スーツを誂《あつら》えた。成長期だったのでのんびり仕立てていてはパーティー当日に着られなくなってしまう、と目的の日の十日前に採寸し、一週間で仕上げてもらったのだ。そのときテーラーに父が仕立代をいくら支払ったのか、尚行は知らない。いまもおなじテーラーにスーツを任せているが、仕立代の明細など知らない。たぶん父も知らなかったのではないだろうか。そうした細々としたことを、すべて秘書に丸投げする人だった。

大企業の二代目になる宿命を背負って生まれた父の雅彦は、現在、尚行と歌織の母親である妻と二人でハワイ暮らしだ。つい先日も笑顔でビーチを散歩している写真が送られてきた。楽しそうでなによりだ。夫婦仲はあいかわらず良好なようで、尚行はホッとしている。

五年前、父は六十歳のときにすべてを長男の尚行に譲って引退した。そのとき尚行はまだ三十歳だったが、雅彦は数年前から引退する時期を決めていたようだった。

父は愛すべき凡人だった。大企業の経営責任は重く、偉大な創業者の息子として、敷かれたレールの上を生きていくのは辛かったようだ。祖父の信彦が存命中、父が逆らったのは自身の結婚についてだけだった。

経済界の若手があつまるパーティーで、父と母は知り合った。母は余興として呼ばれたアイドル歌手だった。そこそこ売れていたらしいが、トップに登りつめたいと思うほどの野心家ではなかった母は、若き御曹司と恋に落ちてあっさり芸能界を引退した。

今後の経営に有利になりそうな嫁候補を吟味していた祖父は激怒したが、世間知らずの若い二人が駆け落ちしたあげく将来を悲観して心中しても困ると思って悩んだそうだ。そのとき父は、祖父が引退したとき、絶対に会社を継ぐと約束したらしい。一人息子が経営に興味がないことを察していた祖父は、それほどの気持ちならばと結婚を許した。そして尚行と歌織が生まれた。

母は、いわゆる癒やし系だ。天然ともいう。父がずっと正気を保ち、なんとか会社経営を続けられたのは、母の存在があったからだと思っている。引退したらハワイでのんびり暮らしたいという父の夢を、母は一切否定せず、喜んでついていった。これからも二人で南国の空の下、元気に暮らしていてくれれば、尚行は親の老後を気にせずに心置きなく仕事ができるというものだ。

幸いなことに、自分はそんな両親を羨ましいだとか、息子に面倒事をすべて押しつけやがって、といった負の感情を抱いてはいなかった。むしろやり甲斐のある仕事を任せてくれて、ありがたいとすら思っていた。

しかしそれも広翔に出会うまでのこと。仕事が大好きで大きなプロジェクトを動かす醍醐味《だいごみ》にわくわくして、祖父の血を濃く受け継いだと評され悦に入っていた尚行だが、両親の血は確実に流れていたらしい。

広翔に会いたい。

一夜明けて、今日は月曜日。広翔は大学へ行っただろうか。それとも茂則の病院へ見舞いに行っただろうか。

出会いが偶然ではなかったと知って、広翔はショックを受けていた。当然だ。彼は尚行を信用してくれていた。まさか子供と犬を使って意図的に近づこうとしたとは、想像もしていなかっただろう。

あんな純真な子を傷つけて、泣かせてしまった……。胸がズキズキと痛む。会って、あらためて弁解したい。許してくれるまで、何度でも謝罪したい。そして茂則の病気に関して、助力が必要ならなんだってやるつもりだ。ぜひ頼ってほしい。

けれど尚行には仕事がある。すべてを放り出して広翔のもとへ飛んでいくことはできない。

「用意はできましたか」

鏡の中にひょいと菱田が入ってきた。「もう時間です」と言われて腕にはめた時計を見れば、その通りだった。ウォークインクローゼットを出ると、すっかり登園準備が整った光流が待っていた。

「ナオ、おそいよぅ。ぼくもうよういできたよ」

「悪かった。さあ行こう」

これから光流を幼稚園まで送っていき、尚行は菱田と出社だ。レイコが見送りのために玄関までついてくる。「いってくるね」と光流がレイコにハグしているのを見下ろしながら、尚行は菱田に小声で頼んだ。

「今日中に、一時間でいいから時間を作ってくれないか」

「急には無理です」

「三十分でもいい」

なんとかしてくれ、と迫ると、菱田が思案気な顔になる。

「蕎麦屋の孫案件ですか」

「そうだ。今日中に一度会いたい」

「四時以降ではダメですか」

尚行は光流のお迎え時間以降は自由だが、それでは子連れで動くしかなくなる。広翔と大切な話をしなければならないので、できれば子連れは勘弁してもらいたい。

「光流の迎えにいく前に、会いにいきたい」

「あらためて口説くつもりですか」

「そこまで性急にコトを進める気はない。ただお祖父さんのことで参っているだろうから心配なんだ。顔を見たい」

「昨日、弁当を届けたときの様子を聞く限り、蕎麦屋の店主の病状がもっとはっきりして、孫が精神的に落ち着いてから話し合った方がいいと思います。メールでのやり取りではダメなんですか。社長の時間は貴重なんですよ」

「会わなければダメだ」

「土下座でもするつもりですか。昨日は冗談で言ったんですよ。そのくらいの覚悟で口説け、といった感じで」

「土下座で広翔に許されるなら、いくらでもしてやる」

　菱田が「やめてください」と渋面になる。

「私の言葉選びが間違っていました。訂正します。土下座は禁止。あなたは自分の立場をわかっているんですか。花角不動産の社長ですよ」

「広翔の前ではただの男だ」

「ただの男にはなれません。あなたの肩書きはプライベートでもついて回るんです。井澄広翔がどこへ行っても蕎麦屋の孫であるように」

「ねえ、ケンカしないでよ……どうしたの？」

　尚行と菱田の足下で、光流が不安そうな表情になっていた。二人の会話が口ゲンカに聞こえたらしい。

「光流くん、私たちはケンカをしているわけではありません。大丈夫ですよ。さあ、行きましょうか」

　菱田が光流の手を引いて玄関を出る。尚行も続いて自宅を出た。エレベーターに乗っているあいだも、車に乗りこんで幼稚園へ向かうあいだも、尚行はどうにかして広翔に会えないかとそればかりを考えていた。

今日のスケジュールは頭に入っている。キャンセルできないものばかりだが、時間の融通がきくものはあるはずだ。あれを早めに切り上げて、つぎのあれを遅めにしたら時間が作れるのではないか、と頭を働かせていたら、運転席の菱田から「社長」と声がかかった。

「なんとか三十分だけ捻出します。しかし蕎麦屋の孫との会談は、移動時間を考えると十分が限界ですよ」

「ありがとう。……十分あれば俺の想いを伝えることができるだろうか。短いような気がするが」

「やはり愛の告白でもするつもりですか」

「流れでそうなっても構わん」

「土下座は禁止ですよ」

「それは気をつける」

「気をつけるだけではなくて――」

「こくはくって、だいすきなひとにだいすきっていうことだよね？」

光流が会話に入ってくる。チャイルドシートにおさまっているので自由に動けないが、光流は手を伸ばして尚行の肩を叩いてきた。

「ナオがこくはくするの？　だれに？　ねえねえ、だれに？」

キラキラさせた目を向けられ、尚行は顔を背けた。子供特有のその純粋さで、すべてを見抜かれそうで怖い。

「内緒だ」

「どうして？　おしえてよ、だれにこくはくするの？　ぼくもこくはくしたい。ナオがすきなひとにぼくもこくはくしたいよぅ」

光流はしつこく相手はだれだと聞いてきたが、尚行は答えなかった。

「すべてが上手くいったら教える」

「いまおしえてよ。いまがいいの、いまが」

「光流くん、着きましたよ」

菱田が言う通り、車は幼稚園の門前に着いていた。ほかの園児の車もぞくぞくと到着しているので、いつまでもその場に止めてはいられない。尚行と菱田に促されて、光流は渋々といった様子で車を降りた。

門の内側で待っていた幼稚園教諭に光流を託し、車に戻る。やれやれと後部座席に腰を落ち着け、菱田からタブレットを受け取った。移動しながらスケジュール変更の話をする。驚いたことに、菱田は広翔のスケジュールを完璧に把握していた。

「月曜日の今日は、ごらんの通りの講義内容になっています。空いた時間は音楽教室のアルバイトをしていましたが、最近は担当する子供が減り、火曜日と金曜日のみになっていますので、ピンチヒッターの要請がない限りアルバイト先へは行かないと思います。なので、その空いた時間に病院へお見舞いに行くのではないでしょうか」

「この時間に合わせて、俺が病院に行くわけだな」

「井澄広翔にアポを取っていないのでなんとも言えませんが、運がよければ会えるでしょう」

「ありがとう」

素直に礼を言うと、菱田は「どういたしまして」とため息混じりに返してくる。

「あなたは言い出したら聞きませんからね。ここで私が折れなければ黙って抜け出すくらいのことはしでかしそうで怖いんですよ」

「そんなことはしない。俺は仕事第一だ」

「そうですか？　私はあなたが社長に就任する前から秘書をしていますが、この一カ月くらいの社長を見ていて、いままでとおなじやり方ではマズいなと思いはじめています」

「どういうことだ」

ちょうど信号が赤になったので車を止め、菱田がちらりと振り返る。

「あなたには経営の才能がある。創業者の立石信彦の再来とまで言われています。私もそう思っていました。前社長の雅彦さんよりも適性があるのは本当でしょう。ただ蕎麦屋の孫が絡んでくると、あなたはただの男になり下がる傾向があります。雅彦さんと奥様の血が流れているのだな、とつくづく思いますよ」

どうやら菱田も尚行とおなじようなことを感じ、おなじようなことを考えていたらしい。見抜かれていたことに複雑な気持ちになった。それほど自分はわかりやすいのかと。

「……まあ、あなたは早期リタイアしてパートナーとのんびり南国暮らしをしたいとは思わないでしょう。雅彦さんよりも経営の楽しみを知っている。そこが雅彦さんとは違うところです。なんとか上手くいくといいですね」

そうだな、と尚行は頷き、広翔に会ったらまずなんと言おうかと考えはじめた。

◇

翌日の月曜日、広翔は大学に行く気分ではなかったが、休んで朝から病室に押しかけても祖父に叱られるだけだろう――と思い、講義を受けるために家を出た。

前夜の茂則は救急搬送されたとは思えないほど元気で、荷物を届けにいった広翔に「さっさと帰って寝ろ。顔色が悪いぞ」と言ったのだ。自分の方が、よほど顔色が悪いのに。

昨夜はやはり寝付きが悪く、朝もいつよりずっと早く目が覚めた。茂則のことが心配でも、不思議なことに腹は減る。立石が持ってきてくれた重箱の弁当の残りはそのまま冷蔵庫に入れておいたので、電子レンジで温めて朝食にした。立石の気遣いがなければ、面倒なのでシリアルバーだけで空腹を満たしていたかもしれない。朝からきちんとしたものを食べることができて、ありがたいと感謝をあらたにした。

一限目の講義を受け、二限目はなにも取っていないがレッスン室を予約してあったので課題曲の練習をし、ランチは学食でとった。三限目は講師に指導を受けながらのレッスン。そのあと、病院まで行った。

「お祖父ちゃん、来たよ」

広翔が声をかけると、ベッドの上に横たわった茂則が頭をもたげる。心電図と点滴はずっとつけたままだ。

「ちゃんと学校へは行ったか？」

「行ったよ」

案の定、大学のことを言われて苦笑いで答える。

茂則はとりあえず二人部屋に寝かされていた。けれどもうひとつのベッドは空いていて、個室のようなものだ。声を抑えた会話をしなくていいのは気が楽だった。

「メシは食ったか？　オレがいないからって、面倒臭がって菓子みたいなもので済ませているんじゃないだろうな」

菓子みたいなものとは、シリアルバーのことだ。

「あー、それはしてない。お弁当を食べたから」

「弁当？　コンビニのか？」

「ううん、違う。たて――」

立石の名前を出しそうになり、ハッとして口を閉じた。花角不動産のパンフレットには立石の名前がはっきり書かれていた。会ったことがなくとも茂則なら名前くらい知っているだろう。珍しい名字ではないが、どこのだれかと問い質されるのは間違いない。

「えー……ナオさんに手作りのお弁当を差し入れてもらったから、それを食べた」

「そのナオさんって人は、おまえが最近知り合った子供と犬を連れた人のことか。たしか昨日もその人の家に遊びにいったんだよな？」

「うん、そう」

茂則はちらっと広翔が話しただけのことをよく覚えている。

「お祖父ちゃんのことを話したら僕を心配してくれて、昨日の夜、家に届けてくれたんだ」

そうか、と茂則は頷いただけで、「ナオさん」なる人物の素性を突っ込んで聞いてくることはなかった。広翔はホッと安堵しつつ、やはり立石のことは茂則に言えない、と沈痛な気持ちになる。

「お店にはしばらく休みますって貼り紙をしておいたからね」

「わかった」

いつ営業を再開できるかわからない。けれど茂則も広翔もその点については触れなかった。とりあえず、厨房の冷蔵庫にあるものは処分することと、食材の業者に連絡を取って仕入れをストップすることを頼まれた。

精密検査はまだこれからなので、今後についての相談はできない。一通りの連絡事項をやり取りしたあと、祖父と孫は話すことがなくなった。

「もう帰れ。いろいろとやることがあるだろう」

「……また明日、来るよ」

「そんなに来なくていい」

「来るよ」

茂則はしかめっ面になったが、広翔は笑いかけて病室を出た。ナースステーションの看護師たちに挨拶をして病院を出る。バス停に向かった広翔だが、その途中に佇《たたず》む長身を見つけて足を止めた。

立石がいた。広翔を見つめながら、立石は長い足でゆっくりと歩み寄ってくる。

「お祖父さんの具合はどうだ？」

「……悪くないです……」

「精密検査は？」

「まだです。順番待ちだそうです」

そうか、と立石がひとつ息をつく。

「ここで立石さんはなにを？」

「君を待っていたに決まっている。話があるんだ。時間をもらえるか」

正面からそう言われて躊躇してしまう。昨日の今日なので、動揺はまだ完全にはおさまっていなかった。立石を嫌いになることはできず、好きだと再認識したものの、傷ついた心は治っていない。二人きりになると、なにか余計なことを口走ってしまいそうで自信がなかった。

けれど光流のために時短で働いている立石が、幼稚園のお迎えの前に時間を作るのが難しいことを知っている。たぶんスケジュールをやり繰りしてここまで来てくれたのだ。そんな立石を拒めるはずがない。

「……すこしだけなら」

「ありがとう」

礼を言った立石は、病院の横にある公園に向かった。広翔は黙ってついていく。

暑くもなく寒くもない季節の月曜日の午後だ。公園にはちらほらと親子連れがいた。病院の職員らしき人たちも休憩している。空いているベンチに並んで腰掛けた。

「俺が届けた弁当は食べたか？」

なにを言われるのか構えていたら、最初の質問はそれだった。まだお礼を言っていなかったことに思い当たり、広翔は「食べました」と体ごと立石に向きなおる。

「とても美味しかったです。ありがとうございました」

「そうか。それならいい」

立石は満足そうに頷き、口角をちょっとだけ上げて控えめな笑顔になった。

「食べてくれてありがとう」

まさか立石からお礼を言われるとは思っていなくて、びっくりすると同時に広翔は胸がキュンとしてしまう。

「昨日も言ったが、俺は君に意図的に近づいて出会いを演出した。けれどここまで親しくなるつもりはなかった。予定が狂ったのは、俺が君を放っておけないと思ってしまったからだ」

出会いの日、広翔は来年度の学費について思い悩んでいた。食事を忘れるほどに。

立石はそんな広翔に食べ物を渡してくれた。わざわざコンビニまで往復して買ってきてくれて。

「その節はありがとうございました」

「いや、お節介だったなと、あとで反省した。言っておくが、君に食べ物を渡すことまで計画していたわけではないし、あれくらいで懐柔できると短絡的に考えてしたわけではないぞ。単純に、腹を空かせた若者が心配だっただけだ」

　嘘ではないだろう。広翔が空腹だったのはたまたま食事を抜いていたからだし、立石が本気で食べ物で釣ろうとしたのならコンビニのおにぎりやパンではなく、専門店の贅沢なものになっていたにちがいない。

「誤解しないでほしいんだが、腹を空かせた若者を見つけたら毎回あのときのようにコンビニまで走っていって食べ物を買ってくることなどしないからな。君だから、放っておけなくて、コンビニまで走った。その、いま思えば一目で気に入ってしまったんだと思う」

　立石はやや俯き、両手を両膝の上でぐっと握りしめた。

「この場合の気に入ったというのは、その、なんだ、つまり、特別な存在になったらしい、ということなんだが、わかるか」

「特別な存在、ですか？」

　広翔は小首を傾げる。友達よりも一歩踏みこんだような関係だろうか。光流とレイコとも仲良くなったから、家族ぐるみの付き合いになっているから。

「特別な存在とは、つまり、君が好きなんだ」

　えっ、と広翔が驚いて絶句していると、立石の顔がみるみる赤くなってきた。それはもう見事に真っ赤になり、正面を向いたまま目を閉じて息をつく。

「くそっ、こんなに恥ずかしいなんて……マジか」

　チッと舌打ちして両手で顔を覆ってしまった。立石がこんなに顔を赤くするなんてびっくりだ。ものすごく照れているということだろうか。

　では、立石が口にした「好き」という言葉の意味は――つまり、そういうこと？

「えっ、えっ、立石さんが、僕のことを？」

　思わず中腰になって慌てる広翔の前で、立石は顔を両手で覆ったまま獣のように唸《うな》った。右手が素早く飛んできて、広翔の手をガシッと掴む。引っ張られて、ベンチに尻餅をつくような感じで座らされた。

「男に告白したのははじめてだ。まあ、女にも告白なんかしたことはないが、ものすごく精神力が必要なもんだな。なんだかドッと疲れたぞ」

「……本当に？」

「俺だって疲れる」

「いえ、そのことではなくて、本当に僕のことを？」

　信じられない。これは現実？　それとも白昼夢？　自分は頭がおかしくなっちゃったの？

　ぼんやりと立石の横顔を凝視する。耳までも朱色に染まり、立石はきっぱりと「こんな嘘は言わない」と断言した。

「立石さんは、その、ゲイなんですか」

　大企業の社長という地位にあり、三十代半ばなのに独身だ。甥の光流を常時預かっているし、自宅を訪問した感じでは女性の気配はなかった。もともと同性愛者だったのなら納得できるが――。

「……正確にはバイというのかもしれない。自分から同性に好意を抱いたことはないが、誘われて付き合ってみたことはある。短期間で終わった」

　この外見と経済力で、立石はさぞかしモテることだろう。女性から頻繁に誘われることは想像していたが、まさか男からも同様のアプローチがあって、それに応じたことがあるなんて。

　広翔は嫉妬のあまり顔が歪みそうになった。我慢したけれど不愉快な表情をしてしまったのかもしれない。立石がそれを察してか、付け加えてきた。

「さっきも言ったが、こんな告白をしたのははじめてだ。ましてや、君のような普通の大学生の男の子に……」

　立石は俯いて、てのひらで額の汗を拭っている。

「もし君が俺のことをすこしでも気持ち悪いと思ったなら、そう言ってくれ。二度と近づかない。残念だが……非常に残念だが、あきらめる。けれど心の中で君を愛しく思うことだけは許してくれ。真剣であればあるほど、切り替えは難しいものだろう？」

「気持ち悪いなんて、そんなことは――」

「ないのか？」

　ぐるっと首を回して広翔に向き直ってくる。今度は広翔の方が視線を俯けた。

「ないのなら、考えてくれないか。俺のことを」

「考えるって……」

「ことわっておくが、君を懐柔するために色恋を仕掛けているわけではないからな。そもそもビジネスに色恋なんか持ちこむわけがない。俺の美学に反する」

摑まれた手はそのままだ。立石にきつく握られている手首が熱かった。俯けていた顔をちらりと上げると、立石は真っ赤になった顔を広翔に向けて、怒っているような険しい表情をしていた。

「今後は二度と嘘をつかないし、君が知りたいことはなんでも答える。隠さない。むしろ俺のことを知ってもらいたいから、なんでも聞いてくれ。そして、できれば、できれば、俺のことを好きになってほしい」

まるで戦いを挑むような口調だった。けれどそれが怖いかといえば、もちろんそんなことはない。

こんなに真っ赤になって一世一代の告白の形相になっている人が、口先だけの嘘を言っているようにはとうてい思えなかった。付き合いは浅いけれど、広翔は立石がそれほど演技派ではないことを感じていた。基本的にとても正直なのだ。だから光流にあれだけ信頼されているのだろう。

きっと嘘じゃない。立石は本気だ。なんという幸運だろう。

けれど広翔は、わだかまりをすべてなくして「僕も好き」とは、まだ言えなかった。

「嫌でなければ、俺とまた会ってほしい」

立石から重ねてそう言ってもらえて、広翔は一見根負けしように——けれど実は安堵しつつ、頷いた。

「……嫌ではないです」

「そうか！」

パアッと立石の顔が輝く。次の瞬間、広翔は立石の腕の中にいた。ぎゅっと抱きしめられて、「ありがとう」と耳元で囁かれる。ついで頬にチュッと音をたててキスをされ、頭が真っ白になった。動けないでいると、立て続けにチュッチュッとキスされる。

カチン、と硬直した広翔を、立石が慌てて離した。

「すまん、ついやってしまった。光流やレイコと日常的にしているものだから……」

立石の顔がまたカーッと赤く染まっていく。あたふたと両手の置き場に困っているらしい立石の動作がまたコミカルで、広翔はふっと笑いがこみ上げた。

「僕は光流くんやレイコといっしょですか」

「いやまさか、そんなことはない。光流もレイコも大切だが、君とは愛情の種類がちがう。そのくらい、わかるだろう」

立石はまた額の汗を手で拭っている。そんな立石を、広翔はあらためて好きだと思った。

◇

弾む足取りで自宅マンションに帰ってきた尚行は、菱田の能面のような顔に迎えられた。

「おかえりなさいませ、社長。光流くんのお迎えは滞りなく済みましたよ。いまダイニングでおやつを食べています」

「ありがとう」

尚行は広翔に会うために仕事を早めに切り上げ、光流の迎えを菱田に任せて病院へ向かったのだ。

「その様子ですと、上手くいったようですね」

「よくわかったな」

「わかりますよ」

菱田はひとつため息をつき、尚行を洗面所へと促してきた。尚行が手を洗うのを背後で眺めながら、「井澄広翔を完全に落とすことができたと思っていいんですね」と確認してくる。

「いや、まだだ」

あっさりと菱田の期待を叩き落とすと、愕然とさせてしまった。

「まだ？　まだ落とせていないんですか？　それで尻尾を巻いて帰ってきた？　呑気《のんき》に手を洗っている場合ではありませんよ！」

「大丈夫だ。感触は悪くなかった。これからも会ってくれると約束してくれたし、キスもしたし」

「はぁ？　キスした？　落としていないのにキスだけはしたんですか？　まさか強引に迫ったわけではないでしょうね。訴えられたら負けますよ。とんでもない醜聞《スキャンダル》ですよ」

「強引…ではないと思う。まあ、勢いでしてしまった感はあるが」

「まさか井澄広翔のファーストキスを奪ってしまったわけではないでしょうね」

「ほっぺにキスしてもそれはファーストキスと言うのか？」

「…………………社長……」

急に菱田ががくりと膝を折り、洗面所の壁に縋《すが》りついた。

「どうした。なにかの発作か？」

「確認、させてください」

ようだ。

「あした、ひろとくんとごはんなの？」

尚行と菱田は揃ってギクッと固まった。しまった、と思ってももう遅い。

「いや、広翔とご飯ではない。俺は仕事で会食があるから、光流は菱田と留守番していてくれ」

「いま、ひろとくんのなまえがきこえたよ？　ぼく、ちゃんときこえた」

「おまえの好きな煮込みハンバーグを作っておいてやろう」

「ぼくもいきたい。どうしてうそつくの。どうしてぼくはるすばんなの」

「光流、俺は男として正念場なんだ。我慢してくれ」

「ええーっ、どうして？　ぼくもいきたい、るすばんはいや。ぼくもひろとくんにあいたい〜」

光流は広翔が大好きだから、名前を耳にしたらそう主張するのはわかりきっていた。光流がいないところで話をしなければならなかったのに、尚行のミスだ。ちょっと浮かれすぎていた。

「ぼくもいく〜。ぼくもいく〜」

「光流、こんどいっしょに行こう。明日は俺に譲ってくれ。頼む。アイスがあるぞ。食べるか？」

「アイスはたべるけど〜ひろとくんにあいたい〜ぼくもいく〜」

「光流、頼む。聞き分けてくれ」

ぐずぐずと愚図る光流を食べ物でなんとか機嫌を取りつつ、尚行は菱田と店の相談をした。

◇

祖父と広翔は、二人揃って主治医から精密検査の結果を説明された。

最初の見立て通り、茂則は心臓弁膜症だった。今後は投薬治療を行い、経過を見ていく。主治医の隣には病院の事務員がいて、具体的に治療費の概算もしてくれた。

祖父の場合、保険適用内での投薬治療を試みることになったので、それほど費用はかからない。この点には二人でホッと胸を撫で下ろした。ただし当分のあいだ肉体労働は控え、家庭内で軽い家事ていどの運動に留めるように、と主治医に注意された。茂則が蕎麦屋を経営していると話してあったからだ。

祖父はもう七十七歳。ここで当分のあいだは仕事をするなと言われたということは、事実上の引退勧告だった。見てわかるほどにがっくりと肩を落とした祖父に、広翔はどう声をかけていいかわからなかった。

退院の許可が出たので、病室に戻って荷物をまとめる。祖父にはベッドに座ってもらって、広翔が退院の準備をした。一週間も入院していたので細々とした私物が増えている。それらをボストンバッグと紙袋に詰めていった。

ぼんやりと窓の外を眺めている茂則の寂しそうな横顔に、胸が痛んだ。立ち退きに応じなかった一番の理由は、蕎麦屋の営業を続けたい気持ちが大きかったからだ。

(立ち退き、どうするのかな……)

茂則の決断しだいで広翔の環境もおのずと変化する。どんな結論を出そうとも反対しないつもりだし、祖父のそばに居続けたい気持ちがある。現時点では、とりあえず病気の治療方針が決まって退院できることが、広翔は嬉しかった。

広翔の脳裏に立石の顔が思い浮かぶ。祖父の入院が一週間ということは、彼の正体を知ってからも一週間ということだ。そのあいだに食事を二回した。二回とも光流抜きで二人きりだった。そのときのことを思い出すと、顔がほんのりと熱くなってきてしまう。

最初の食事のとき、大学の帰り道にあるカフェで待ち合わせをして、立石の車でまず服を買いに連れていかれたのには驚いた。一介の大学生には敷居が高い、高級ブランドのセレクトショップ。そこで良家の子息が身につけるようなシャツとジャケットとズボン、靴とベルトを立石がささっと選び、広翔に試着させた。

試着室の中で服についた値札をチラッと見て、青くなった。いつも広翔が購入している量販店のシャツとは、桁がちがっていたからだ。

（まさか、立石さん、これ全部買うつもり？）

合計金額は怖くて計算できない。まごまごしていると、試着室の外から「サイズはどうですか？」と店員が聞いてくる。慌てて着ていたものを脱いで、立石が選んだものを身につけた。

鏡にうつった自分は学費に困窮する学生には見えず、服で印象は変わるということを学んだ。

「うん、いいな。このまま着ていこう」

試着室から出た広翔を見て立石はひとつ頷き、ショップの店員にクレジットカードを渡した。やっぱりそうか、と焦って「いらないです。いきなりこんなたくさん困ります」と固辞しようとしたが、立石は笑っただけで撤回はしなかった。立石が懇意にしているショップのようで、店員も取り合ってくれない。

「初デートの記念だ。もらってくれ」

そんなふうに言われて驚いたが嬉しかった。

告白に対する返事は保留中だ。けれど広翔の態度から、拒んでいないことはわかっているのだろう。立石の機嫌はよかった。あいかわらず表情は豊かではない。でもまとっている空気が柔らかくて、温かかった。

連れていかれた店は高級レストランだった。明確なドレスコードはないみたいだったが、ジャケットはあった方がよかったようで、だから立石は広翔に服を買ったのだと納得できた。

とはいえ、今後もこんなことをされてしまっては心臓に悪いので、行き先は広翔のレベルに合わせて庶民的なところにしてほしいと立石に伝えた。不服そうだったが、立石は「わかった」と頷いてくれた。

食事は当然ながら美味しかった。半個室のような周囲の視線を気にしなくていいテーブルだったおかげもあっただろう。立石と二人きりだからと最初は緊張していた広翔だが、いつもと変わらない態度の立石にだんだんリラックスしてきて、途中から純粋に楽しんでいた。

二度目の食事はちょっと高級っぽい居酒屋だった。変な酔っ払いはいないし、空気清浄機がガンガン動いていて焼き鳥の匂いはまったくしない。庶民的とは言えないとしても、立石が広翔に譲歩してくれたセレクトなんだなと思えた。

(次は割り勘にしてほしいな)

二回も奢ってもらった。奢り返すほどの金銭的余裕はないけれど、毎回払ってもらっていては、だんだん誘いに乗りにくくなってしまう。

(明日はバイト代の振り込み日だから。たぶん少ないけど)

先々月に引き続き、先月もあまりたくさんバイトできなかった。広翔はやる気があるのに、音楽教室の方でなかなか子供を担当させてくれない。音大の学生バイトは広翔のほかにも何人かいて、子供からの人気だけでなく保護者の信頼も獲得できなければ、複数の子供を担当させてもらえない。人気商売なのだ。広翔は子供の相手は上手くとも、保護者とのコミュニケーションには自信がなかった。それでも音楽に関係するアルバイト先なんてあまりないから、辞める気はまったくない。現在の所長には好印象を持たれていないとわかっていても。

茂則が入院していたこの一週間は、やむなくバイトを休ませてもらった。大学は頑張って通ったが、授業が終わったらすぐに祖父の様子を見たくて病院に直行していた。とてもバイトしている気持ちの余裕がなかったのだ。

退院できたので、来週からはきちんとシフトに入ろう。家に帰ったらまっさきに音楽教室の事務室に電話をかけようと思った。

「さあ、お祖父ちゃん、家に帰ろうか」

茂則を促して病室を出て、世話になった看護師たちに挨拶をし、タクシーでハッピーグッド商店街内の自宅に戻った。店の正面までタクシーに入ってきてもらって、祖父と荷物を下ろす。すぐに近所の人たちが外に出てきた。

「茂ちゃん、帰ってきたの？」

「茂則、生きてたか」

みんな親戚のようなものだ、軽口を叩かれて茂則は「生きとるわ、馬鹿者」と苦笑いしながら言い返している。しょんぼりしていた祖父が元気に言い返していることに安堵しつつ、広翔は荷物を家の中に運んだ。

ポケットの中で自分の携帯電話がブルブルと震えていることに気付く。音楽教室から電話がかかってきていた。こちらからかけようと思っていたところだったのでタイミングがいい。たぶん来週からのシフトについて、事務員が確認の電話をしてきたのだろう。

「はい、井澄です」

通話状態にした広翔の耳に届いたのは、聞き慣れた事務員の声ではなかった。所長だった。

「えっ……？」

そこで広翔は、予想もしていなかったことを言い渡され、愕然と立ち尽くした。


三度目の食事は個人経営のイタリア料理の店だった。

イタリアっぽくない店構えと店員の「いらっしゃいませ」という声がけは、町の洋食屋といった雰囲気だ。けれど某有名グルメ本から星認定されているという。

店内はぐるりと見渡せるくらいの広さで、テーブルは八割方埋まっている。カウンターの向こうには厨房が見えていて、恰幅《かっぷく》のいい男の人がピザ釜の前に立っていた。

アルバイトらしい若い女性店員に窓際の席に案内された。立石はメニューを広げて、「ここはなんでも美味しい」と教えてくれた。学生時代に常連だったという。

「この近くに住んでいたんですか？」

「徒歩五分ってところかな。前の道のこちら側は分譲が多いが、向こう側には学生向けの手頃な賃貸アパートがたくさんあって、友達も何人か住んでいた」

「立石さんが賃貸アパートに住んでいたんですか？　想像できません」

「まあ、そうだな。その通り、俺は親父名義の物件に住んでいた。道のこちら側だ」

やっぱり、と広翔は苦笑する。メニューに並ぶ値段は、たまの外食としてはそれほど高くはない。けれど普通の学生が常連になるほど頻繁に通うには、少々きつい。バイト代を美食につぎ込むような、よほどの食い道楽なら別だが。

大学時代の立石はいったいどんな学生だったのだろう。きっと格好よかったにちがいない。モテて困っていたかもしれない。いまよりちょっと若い立石が女子学生に囲まれて困惑している様子を勝手に想像し、広翔は笑みをこぼした。

「なにを笑っているんだ？」

「立石さんの学生時代を想像していました。きっとモテたんだろうなって」

「否定はしない。正直に言うと、調子に乗って遊んだ時期もある。だが、いまは君一筋だ」

そっと内緒事のように囁かれ、広翔は顔を火照らせた。立石が真正面からじっと見つめてくるので、どうにか俯いて逃れようとしたがおなじテーブルにいるのだから避けようがない。困ったなと目を泳がせていたら、注文したドリンクがまず運ばれてきた。二人ともノンアルコールで、ジンジャーエールだ。

とくに乾杯することはなかったから、軽くグラスを持ち上げて一口飲んだ。熱くなった顔と体に、冷たいジンジャーエールが心地いい。

立石は告白の返事を急かしてはこない。しかしときおり、こんなふうにはっきりと意思表示をする。

（まあ、急かさなくても僕の気持ちなんてバレバレなんだろうけど……）

食事の誘いを一度も拒むことなく応じ、あからさまな好意を寄せられても嫌がる素振りもなく、こんなふうに赤くなっていれば、だれでもわかるだろう。きっと立石は、言葉で明確な返事ができない広翔の複雑な心境も察しているにちがいない。

無理に返事をさせようとしないところが、立石の優しさだと思う。

生ハムとグリーンリーフのサラダが運ばれてきて、そのあとすぐに二種類のピザがテーブルに並ぶ。全部がとても美味しくて、広翔はたくさん食べた。デザートのティラミスはちょっと洋酒が利きすぎていたようで、広翔は全身がカッカと熱くなってきてしまった。

たぶん広翔はあまりアルコールに強い方ではない。小遣いが乏しいことと興味がないことから、いままで合コンの類《たぐ》いには参加していなかった。飲む機会がほとんどなかったので、自分の酒量の限界がわからない。でも両親が弱かったから、息子だけ強いわけはないと思っていたら、やっぱり当たっていたようだ。

ティラミスでほろ酔いになってしまった広翔は、立石の前で気を張ることができなくなり、どうしても頬がゆるゆるに緩んでしまう。へらへらと笑いかけて立石を困らせている自覚はあっても、表情筋を引き締めるのは難しかった。

「広翔、アルコールに耐性がなかったんだな」

「なんのことですかぁ？」

「いや、可愛いからいい。それで？　光流のことか？」

「光流くんは元気ですか。そろそろ会いたいなあって。レイコにも会いたいなあって」

「ああ、そうだな。近いうちに会わせよう。光流も広翔に会いたいとうるさくて」

「僕に会いたいって言ってくれているんですか？　嬉しい～」

広翔は感激してテーブルの上に出ていた立石の手をぎゅっと握った。立石が「うっ」と呻いたが、そんなに強く握っていないはずなのに。

「ごめんなさい、痛かったですか？」

「もっときつく握ってもいいくらいだ。ほら、こんなふうにしたらどうだろう」

指を絡めて立石の方から握ってきた。隣のテーブルとのあいだに観葉植物はあるが、ちょっと周囲の視線が気になって恥ずかしい。でも離したくなくて、広翔はじっとしていた。

立石が広翔の手をまじまじと見る。「きれいな手だ」と呟かれて、笑えた。

「きれいじゃないですよ。日に焼けてはいませんけど、関節が太いし、不格好です」

「努力をしてきた人の手だ。そういう人の手はきれいだと思う」

そんなふうに言ってくれる立石の方こそ、まっすぐ伸びた指が美しい。たぶん身だしなみのひとつとして爪の手入れもしているのだろう。きれいな色艶をしていた。

「広翔はいつからピアノを習っていたんだ？」

「はっきりとは覚えていないんですけど、たぶん五歳か六歳です。そういえば、光流くんって、なにかお稽古事をしているんですか？」

「いまのところ週一で水泳教室に通っている。情操教育のために、音楽関係のなにかをやらせた方がいいと思うか？　君が講師をしている教室はどこにあるんだ？　君に教えてもらえるなら、光流は張り切るだろう」

「あー、あれですか。あれはね、クビになりました」

「えっ？」

「所長から直々に電話があって、クビです」

てへ、と笑ってみせたが、悲しみがじわりと押し寄せてきた。目の奥が熱くなってきて、視界が潤んでしまう。

一昨日《おととい》、茂則が退院した日に音楽教室の所長から電話があり、「もう来なくていい」と言われたのだ。突然のことで驚き、「どうして……」と囁くような声で尋ねることしかできなかった。所長は、この一週間いきなり休んで迷惑をかけられたことをまず理由にあげ、もともと講師として人気がなかったこと、教室が所有している楽器を私用に使った規律違反をしていたことなどを淀《よど》みなくしゃべった。

たしかに突然一週間も休んだ。けれど、同居している祖父が入院したと伝えたはずだ。家族は自分以外におらず、広翔が病院に通うしかなかったし、とても心配だった。講師として人気がなかったのは自覚していたので、これから頑張るつもりだった。以前の規律違反については、前所長の許可をもらっていた。

あらためて弁解したが、聞いてくれなかった。おそらく広翔を辞めさせたかったのだ。音楽教室の生徒は年々、減りつつあった。原因は少子化だけでなく、流行《はや》り廃《すた》りもあっただろう。講師をリストラしたかったにちがいなく、広翔がごねても所長の考えは微塵《みじん》も変わらないというのが口調から伝わってきていた。

「あたらしいバイトを探さないといけません……」

両親が遺してくれたお金はできるだけ使いたくない。いま銀行口座に残っている分を丸ごと取っておいても、来年度の学費に足りないのだ。日々のお小遣いくらいはアルバイトで稼ぎたいので、頭を切り替えて働き口を探さないといけなかった。

「それは辛かったな。話に聞いていただけだが、君はそのバイトを気に入っていたんだろう？」

「楽しかったし、いい経験になりました。幼児向けのクラスだったので、小学校に上がる前の子供たちと楽しく歌って踊るのが中心でした。あとピアノを習いたい子には個別レッスンをしていて、基礎中の基礎からゆっくりと教えていく感じで――。まがりなりにも音大生だから、音楽関係のアルバイトができて有意義だったんですけどね……」

「そういえば、以前、そこでピアノを借りて練習していたと言っていたな。所長が代わってそれができなくなったとか」

広翔が話したことを立石はちゃんと覚えていてくれた。

「あたらしい所長になってからは当然、一度も教室のピアノを私用では使っていません。でも心証が悪くなっていて、受け持ちのクラスから外されがちになっているのは、なんとなく察していました。けれど僕の方から辞める気はなかったので、これから真面目に働いて見直してもらえたら……って思っていたんです。でもダメでした」

いままで受け持った子供たちの顔が脳裏に浮かんでは消えていく。記憶にある子供たちは全員が笑顔だ。大人になったら広翔のことなど忘れてしまうかもしれないが、楽しかった教室のことは覚えていてほしいなと思う。

「早めに次のアルバイトを探さないと……」

「バイトはどうしても必要か？　俺としては君の自由になる時間が多ければ多いほど、頻繁に会える。都合がいいんだが」

そんなふうに言ってもらえて嬉しい。広翔だって、できれば毎日のように立石に会いたい。けれど現実が許さない。

「バイトは、絶対に必要です。自分の小遣いくらいは稼ぎたいし、できれば貯金もしたいので」

「貯金……なにかほしいものがあるのか？」

真剣な立石の表情に、広翔は内心で慌てた。ここでうっかり「ほしいものがある」なんて言ってしまったら、「じゃあ買ってやろう」という流れになってしまいそうだったからだ。

立石は最初の食事で服を買ってくれて以降、とくに余計なお金を使おうとはしていない。セレブらしい散財に広翔が引き気味だったからかもしれない。

けれど隙あらばなにかしようという気配をびんびんに感じていた。いままで料理を作ってくれたり自宅に招待してもてなしてくれたりしたことからも、立石はたぶん根っからの世話焼きだ。そしてあれこれと気遣ってくれるのはありがたいけれど、そこまで甘えるのはどうかと身構えてしまう広翔は、根っからの庶民だった。

「金を貯めて、なにか買いたいものがあるんだな？」

「いえ、そういうわけではなくて、授業料のために貯金したいだけで――」

「授業料？」

しまった、と口を閉じても遅い。立石の耳にはしっかりと届いていた。きゅっと立石の眉間に皺が寄る。徐々に酔いが醒《さ》めてきていた。

「もしかして、大学の授業料のことか？　金がないのか？」

ストレートに聞かれて、広翔は「違います」ととっさに否定していた。

「では、なんの授業料だ。高名なピアニストに特別レッスンでも受けているのか？」

嘘をついてここで頷いても、「なんて名のピアニストだ」と質問を重ねられたら困る。立石は音楽業界には詳しくないだろうが、どこにどんな人脈があるかわからない。ツテをたどって確認するくらいのことは朝飯前のような気がした。

「そんなことはしていません」

否定するしかない。

「大学の授業料なんだな？」

「……はい……」

結局、肯定するしかなくなった。立石はひとつ息をつき、しばし無言になった。完全に酔いが醒めて、広翔は項垂れる。こんなこと、打ち明ける気はなかった。自分でなんとかしなければならないものだからだ。

「あの、でも、今日、大学の学生課で奨学金の案内をもらってきたんです。いまからいろいろと調べて、返済不要のものから申し込んでみようかなと思って。僕は事情が事情だから審査が通るんじゃないかって、学生課の人も言っていました」

通らなければ、つぎは返済が必要のものに申し込む。たぶんここは通るだろう。足りない分だけほしいので、奨学金の借り入れ総額はそれほどにはならないと思う。

「学生課の人に聞いたんですけど、僕みたいな事情がある場合、授業料の分割払いもできるっていうことなので――」

「とりあえず、出ようか」

「あ、はい」

席を立つ立石に、広翔も腰を上げた。今夜こそ割り勘で、と思っていた広翔だが、たったいまバイトをクビになって金がないという話をしたばかりなので言い出せなかった。

店を出ると、立石はコインパーキングがある方向へは足を向けず、住宅街の中へとぶらぶら歩いていく。広翔は腹ごなしに散歩するつもりなのかなと思い、黙ってついていった。

なにも話さない立石が、なにを考えているのかわからない。学費が足りないなんて聞いて、引いてしまっただろうか。それとも、援助をねだっているように受け取られてしまっただろうか。それだけは絶対にない。アルバイトを頑張るつもりだし、奨学金の申請もする。祖父にも立石にも頼らないで、なんとかしてみせる。

「あの、立石さん、誤解しないでほしいんですけど」

「なんだ？」

「学費は大丈夫です。奨学金が下りるだろうし、あたらしいバイトを探しますから、立石さんの、その、援助……は、いらないです」

「援助か」

うむ、と立石は片手で自分の顎を擦る。緩い上り坂を、立石は長い足でゆっくり歩いた。広翔は立石の横顔だけを必死で見つめながら、ちょこまかと足を繰り出してついていく。身長差は足の長さであり、歩幅に表われる。悠然と歩いていく立石に、広翔はこんな場合なのに見惚れそうになった。

「君にはっきりと援助を持ちかけようとは思っていなかったんだが、俺が考えていたことは、もしかして援助ということになるのかな」

「え？」

「ほら、ここだ」

立石が足を止めて指を差した先には、五階建てのマンションがあった。公道からのアプローチには緑豊かな植木が並び、等間隔に常夜灯が立っている。真新しい建物ではないが、手入れがよく行き届いているようで、植木は伸びっぱなしではないしアプローチ付近にはゴミひとつ、葉っぱ一枚落ちていない。エントランス付近だけを見ると、お洒落な美術館かホテルのようだ。

「ここは？」

「俺が学生時代に住んでいたマンション」

「えっ、ここが？」

「おいで」

立石が手招きだけしてさっさと歩いていくので、広翔はついていくしかない。入口は当然のように暗証番号と専用のキーが必要で、立石は淀《よど》みのない動作でクリアした。開いたガラスのドアから中へ入り、エレベーターに乗りこむ。押したボタンは二階だった。

「ここは分譲マンションなんだ。元は父が所有していた物件だが、このあいだ俺が譲り受けた」

エレベーターが二階に着いた。内廊下には玄関ドアが三つしかない。一フロア三軒なんて信じられない。一軒あたりの面積はどれほどなのか。

立石は角部屋のドアを解錠し、広翔を中へと促した。

パチッと照明のスイッチを入れる音とともに、部屋の中が明るくなる。驚いたことに、玄関を入ってすぐの廊下には段ボールが敷かれ、壁は無塗装の木板が剝《む》き出しだった。造りつけの靴箱には黄色いマスキングテープでビニールの覆いがされている。あきらかに工事中だった。

「まだリフォームが終わっていない。全部終了してから、君を連れてくるつもりだった」

靴箱の前に置かれていたスリッパに履き替え、奥へと進む。廊下の先にあったリビングダイニングと思われる部屋も工事中だった。家具がなにもないから広く感じるのか――いや、本当に広いのだろう。広翔がいま住んでいる祖父の家の居住部分が、ここにすっぽりと入ってしまうくらいだ。

「こっちは終わっているという連絡があった」

立石が隣の部屋へと続くドアを大きく開けて、中を広翔に見せるようにした。

「あ……っ」

驚きのあまり、ぽかんと口が開いたまま塞がらない。その部屋には、なんと黒光りするグランドピアノが置かれていたのだ。大屋根と呼ばれるボディの蓋は開いていて、椅子もある。国内有名メーカーのロゴが鍵盤を覆う蓋の上についていた。

「君の練習用にどうかと思って、用意してみた」

「練習用って……そんな……」

「このメーカーでよかったか？　海外の有名なメーカーのものは取り寄せるのに時間がかかりそうだったので、これにしたんだが」

漆黒のボディには傷ひとつついておらず、新品にしか見えない。たしか新品だと三百万円以上はするはずだ。専用のトラックで工場からこのマンションまで運び、二階のこの部屋に設置するには、さらに料金がかかる。

「僕の、練習用に……わざわざ……？」

「自宅にピアノがない、と以前話していただろう。そのときから、なんとかしてやりたいと思っていた。いろいろ考えているうちに、このマンションを思い出したんだ。リフォームして防音を完璧にすればピアノを置けるんじゃないかと」

　ぐるりと部屋を見回してみれば、窓がなく、床も壁も特殊な素材で覆われている。ドアもかなり分厚いものになっていた。大学にあるレッスン室に似ている。

「ついでにほかの部屋も住みやすいようにリフォームすれば、君とお祖父さんが越してきても使えるかなと思ったんだが……やりすぎだったか？」

「えっ、僕とお祖父ちゃん？」

「気を悪くしないでくれ。商店街の再開発を受け入れ、立ち退いたあとの仮定の話だ。ここは三ＬＤＫある。一部屋はこの防音室で、残りの二部屋をお祖父さんと君の部屋にすればいい。二階だがエレベーターがあるのでお祖父さんの体の負担は軽くなるだろう。位置的にも君の大学まで電車で一本だ。最寄り駅まで徒歩十分ほどかかるが……広翔は車の免許を取る気はないか？　このマンションは一戸につき駐車場が一台分ある。今後、お祖父さんの通院とか、買い出しとか、通学も含めて、車があると便利だぞ。もちろん自動車学校の授業料は援助しよう。真面目に通えば、すぐ取れる。車は軽自動車が手軽だが、もしものときに弱いからな。コンパクトサイズの普通車の方が安全だろう。こっちも俺が――」

　滔々《とうとう》と語られる仮定の話に、広翔はついていけない。ものすごく具体的で、立石が広翔のことを考え尽くしてくれているのは伝わってくる。けれどあまりにもたくさんのことを一度に言われて、広翔はくらくらしてきた。新品のグランドピアノを練習用だと提供されたことだけでも、いっぱいいっぱいだ。

「広翔、どうした？」

立ったまま意識が飛びかけていたようだ。驚きすぎて言葉が出ない広翔の様子に、立石は神妙な顔になった。

「押しつけがましかっただろうか。菱田には、君と相談してから動いた方がいいと言われたんだが、一日でも早く練習場所を確保してあげたくて、とりあえずリフォーム業者に依頼してしまった。すまない」

「びっくりしました……」

「だろうな。我ながら先走りすぎたと反省している」

立石がため息をついて、ピアノに歩み寄る。鍵盤の蓋を開け、白鍵に指先で触れた。眩しいほどに白い鍵盤に、広翔は引き寄せられるようにふらふらと歩み寄る。立石に誘導されて、椅子に座った。

「調律は完了しているはずだ。なにか弾いてみてくれないか」

「でも、これ新品ですよね。僕なんかが……」

「広翔のために俺が用意したピアノだ。君が弾かなきゃだれが弾くんだ？」

すごいパワーワードが出た。広翔のために立石が用意したピアノ――。恐れ多いけれど嬉しくて、胸が震えた。

「今後、ここを練習場所として使うかどうかは別として、一曲、聴かせてくれ。なんでもいい」

弾きたい。こんなにきれいなピアノを前にして腕が疼《うず》かないピアノ弾きなんて、いないだろう。

　広翔はそっと鍵盤に手を乗せた。

「あの、なんでもいいですか？」

「広翔が弾きたい曲を弾いてくれ」

「じゃあ、ショパンのノクターンを」

　母が好きだった小曲だ。ノクターン二番を、静かに弾きはじめる。

（ああ、いい音……）

　新品だからか、音が若い。そして調律師も若い人だったのかもしれない。はっきりとしていて、元気のいいイメージの音だった。けれどノクターンの曲調に合わせるように柔らかい音を出そうとすると、きちんと出てくれる。素直で、いい子だ。

　一曲だけと弾きはじめたが、物足りなくて二曲、三曲と続けた。弾き終わるたびに立石がすぐ横で拍手をしてくれるから、照れくさくてたまらなかった。でもそれ以上に楽しくて、時間を忘れた。

　気がついたら一時間もたっていて驚いた。

「来週にはリフォームが終わる予定だ。その後、リビングダイニングに家具と家電を入れようと思っているが、君に選んでもらいたい」

「僕が選ぶんですか？　立石さんの部屋ですよね」

「使うのは君だ」

「でも……」

まだ、ここに越してくると決めてもいないのに。

「選んでくれ」

「……そういうことをしたことがないから、センスなんてないと思いますよ」

「君が使いやすいものを選べばいい」

立石は頑《かたく》なで譲らない。かといって上から目線で命じている雰囲気ではなく、どこか懇願めいた響きがあった。だから広翔の中に反発心は湧かないし、口では遠慮していても断りたくないという気持ちが芽生えている。

広翔はピアノをじっと見つめて、防音室をぐるりと見回した。立石が広翔のために用意してくれた部屋。自分のためだけのピアノ。好きなだけ触っていてもいい。好きなだけ弾いてもいい。防音がしてあるから時間を気にしなくてもいい。夢のようだ。

「僕から提案してもいいですか」

「なんだ？」

「家具家電を選ぶのは、立石さんもいっしょにしてくれるなら、いいです」

「そうか！」

立石の顔がパッと明るくなった。

「わかった、いっしょに選ぼう。広翔と二人で新居の家具や家電を選ぶなんて、楽しみだ」

急にウキウキしはじめた立石の言葉に、広翔はハッとした。

もしかして広翔の提案は、まるで同棲をはじめるカップルか新婚のような共同作業ではないだろうか。立石はそれに気付いているのかいないのか、単に広翔とこまめに連絡を取りあう用事ができて喜んでいるのか――わからない。

ただ、いまさら発言を取り消すことができそうにないことは、わかった。

「さあ、家まで送っていくよ。帰ろう」

立石に促されてマンションを出る。立石の車を止めたコインパーキングまで、住宅街の夜道をゆっくりと歩いた。

「広翔、授業料のことなんだが」

しばらく無言で歩いていた立石が切り出した。ピアノを弾いたりして気が逸れたので忘れたのかと思ったら、しっかり覚えていたようだ。

「俺に援助させてもらえないだろうか」

言われると予感していたので、驚きはしなかった。広翔のためだと言って何百万円もするグランドピアノをポンと買ってしまうような人だ。授業料の足りない分を用立てるくらい、本当にたいしたことではないだろう。

でも、そこまで好きな人に頼り切りになっていいのかという疑問がある。ピアノ付きのマンションを見てしまったあとなだけに。

「奨学金を申し込むつもりなので、大丈夫です」

「なら、返済不要の奨学金がもらえることになったら、俺は口出しをしないことにしよう。だが返済が必要なものしか通らなかったら、俺に頼ってくれないか」

立石は広翔が断ると予想していたらしく、淀みなく次の案を出してきた。

「返済しなければならない奨学金なんて、結局は借金だ。大学を卒業した時点で何十万、何百万も借金を背負うのは、できれば避けさせてあげたい。新卒で借金を返すのは大変だからな。まあ、俺の勝手なお節介だと言われてしまえばそれまでなんだが……」

立石の心配は、広翔も抱えている不安だ。まだ就職活動をはじめていないが、借りた学費を返済できるほどの収入が見込める就職先があるかどうかわからない。

「……頼ってしまっても、いいんでしょうか……」

「ぜひ頼ってくれ。頼り甲斐のある男だとアピールしたくてやっているんだから」

立石の言い方に、ふっと肩から力が抜けた。こんなによくしてくれる立石に対して張り続ける意地に、意味なんてないように思った。

「じゃあ、そのときは立石さんに頼りたいです」

「そうか、そうしてくれるか。ありがとう」

どうして立石が礼を言うのか。微笑みながら広翔の手を握ってくる立石に、つい笑ってしまった。

「それは僕のセリフですよ。立石さん、なにからなにまで、本当にありがとうございます」

広翔も立石の手をぎゅっと握り返した。二十センチの身長差があるから、広翔は立石をいつも見上げることになる。立石は広翔を優しい目で見下ろしていた。

あ、と声を上げる間もなく抱きしめられる。唇に、ふわりと柔らかなものが重なった。すぐに離れていったそれは、たぶん立石の唇だ。

一瞬の出来事だった。立石の腕が離れていくのを、広翔は呆然と眺める。ちょっと照れたような顔で、立石は「行こう」と広翔の手を引いた。人通りの少ない夜道を、手を繋いで歩いていく。足下がふわふわして、まるで夢見心地だ。

立石の横顔を見上げ、このままどこまでも二人で歩いていけたらいいのに、と広翔は本気で思った。

◇

カーテンを勢いよく開けて朝日をリビングに入れる。数日ぶりの明るい太陽が東の空にあった。

「さあ、一日がはじまるぞ」

梅雨のあいまの陽光が眩しい。外はじわじわと温度を上げているようだが、室内は空調が効いている。スーツ着用がほぼ義務のような立場の尚行にとって、夏ほどエアコンのありがたみを感じる季節はない。

「朝飯にしようか」

尚行は精一杯の笑顔で光流を振り返った。幼稚園の名前が袖に刺繍《ししゅう》された半袖シャツを着た光流が、不機嫌そうなブスッとした表情でリビングのソファに座っている。

「今朝はおまえが好きな半熟の目玉焼きだぞ。われながら上手に焼けた。ほら、もう食べはじめないと時間がない」

光流を急かしてダイニングテーブルにつかせた。不機嫌ではあっても「いただきます」はちゃんとして、光流は目玉焼きに添えたウィンナーを囓りはじめた。いつも脳天気な笑顔の光流がこれほどふて腐れているには、訳がある。ここのところ、留守番ばかりさせているせいだ。

（そろそろ広翔に会わせないとマズいな……）

光流を菱田やシッターに任せて家を空けているあいだ、尚行がなにをしているのか、光流はだいたいのところを察している。はっきりと用件を教えたわけではないが、菱田との会話や広翔と電話でやり取りしているのをこぼれ聞いているからだろう。

広翔と光流が仲良くなれば、と意図的に最初は三人で会っていた。それが自分の恋心を自覚してからは二人きりで会うことを優先してばかりいたら、光流が拗ねたのだ。

「レイコ」

犬用の皿にドッグフードを盛って、レイコを呼ぶ。光流が不機嫌なのを察知しているレイコは、かなり気遣わしげに横目で光流を見ながら尚行に近づいてきた。いつもの場所に皿を置くと、静かに食べはじめる。

（このあいだは驚いたな）

広翔にピアノを見せて、盗むように唇を重ねた日のことだ。

浮かれた気分で予定よりも遅く帰宅した尚行を玄関で出迎えてくれたのは、困惑顔のシッターと顔にマジックで眉毛を描かれたレイコだった。シッターはベテランの中年女性で、菱田が忙しいときにはいつも光流の世話を頼んでいる。

「申し訳ございません」

シッターは尚行に頭を下げて、目を離した隙に光流がレイコにいたずらをしたのだと説明した。レイコはなにをされたのか理解していないふうで、尚行に尻尾を振っている。光流がレイコにこんないたずらをしたのははじめてだ。自分がいかに甥っ子を寂しがらせてストレスを与えていたか思い知った。

妹の歌織が離婚してから三年間、尚行はプライベートのすべてを光流に捧げてきた。血の繋がった甥が単純に可愛かったし、養育を主に担当していた父親と引き離されて不憫《ふびん》だったからだ。菱田に相談して自分の仕事のやり方を変え、光流との時間を捻出した。この三年間、上手くやってきたと思っている。

ところがここにきて、尚行の気持ちが広翔に向かってしまった。菱田やシッターのサポートがあっても、いま光流のそばにいる肉親は尚行だけだ。来年度には小学生になる年齢になったとはいえ、まだまだ甘えたい盛りの子供。もっと光流のことを考えてやらなければならなかったのに、自分の恋愛で頭がいっぱいになってしまっていた。

尚行は激しく反省し、あらためてスケジュールの見直しをしなければいけない。

しかし、悩ましいところだ。光流とのコミュニケーションを疎《おろそ》かにはできない大切な時期なのは重々承知していても、いまが攻め時なのだ。広翔ははっきりと告白の返事をしてくれたわけではないが、会うたびに寄せてくれる好意が熱っぽくなっていることは感じられたし、ピアノを設置したマンションについても前向きな気持ちを持ってくれた。帰り際にキスしたときも、恥ずかしそうにしていただけで怒りはしなかった。

（くぅ～、広翔！）

あまりにも可愛くて可愛くて可愛くて、衝動的にキスしてしまった。外でよかった。あれがマンションの部屋の中だったら、うっかり押し倒していたかもしれない。尚行にとったら数年ぶりの、ひさびさの激しい衝動だった。広翔、恐るべし。

これからもっと頻繁に会って、二人で相談しながら、あのマンションを住みやすい家にしたいと考えている。できれば広翔に、あそこに住んでもらいたい。もちろん茂則がＯＫすればいっしょに住んでくれて構わない。もし茂則が気に入らないようだったら、彼には別の物件を用意しよう。そのくらいのこと、尚行なら簡単にできる。

「ナオ、きょうははやくかえる？　ぼくのおむかえにきてくれる？」

目玉焼きを食べたところで、光流が唇を尖らせながら聞いてきた。

「今日は——すまないが、会議がある。迎えはシッターさんだ」

嘘ではない。タイミング悪く、今日は三時半では仕事を終わらせられない予定だ。海外支社とリモートで会議がある。インターネットのおかげで海外出張が減ったのはありがたいが、時差だけはどうにもならない。

「ナオにむかえにきてもらいたいのに！」

光流がフォークにウィンナーを刺したまま、振り回した。こんな行儀の悪いこと、いままでしたことがない。

「光流、明日なら俺が迎えにいけるから、今日は我慢してくれ。会議が終わったら、できるだけ急いで帰る」

「イヤだ、イヤイヤイヤ、ナオがきて！」

「フォークを振り回すのはやめろ、光流」

「ぼくをなかまはずれにして、ヒロトくんにあうんでしょ。そうでしょ。ナオのうそつき。おしごとなんてうそだ。どうしてぼくをなかまはずれにするの？」

「嘘じゃない。それに仲間はずれになんかしていない」

「ぼくにないしょでヒロトくんにあってるくせに！」

　涙目になっている光流にぐっと睨まれて、尚行は言葉に詰まった。

　光流にきちんと説明してこなかったツケが回ってきたのだ。広翔に惹《ひ》かれていると自覚したとき、大人の事情を六歳児に話すのは躊躇われた。けれど光流は賢い子だ。広翔のことが好きで、二人きりでデートしたいんだと最初に話せばよかった。男同士なのに、と突っ込まれても、そういう恋愛もあるんだと言い切ればよかった。いまさらだが。この状態の光流になにを言っても、きっと信じてもらえない。

「ごちそうさま！」

　目玉焼きは食べたが大好きなウィンナーを残し、光流はテーブルから離れた。足音も荒く自分の部屋へ入っていく。ため息をつきながら食器を片付けているところに、ピンポーンと呼び鈴が鳴った。

　応答する間もなく、鍵を渡してある菱田が「おはようございます」と入ってきた。光流が幼稚園バッグと帽子を持って、自室から出てくる。登園拒否をしないだけありがたいと思った。

「社長、明後日《あさって》の日曜日なら、私は大丈夫ですよ」

カウンター越しに菱田がそう言った。

「井澄広翔と二人で家具と家電を見にいくなら、まとまった時間が必要でしょう。私が予定をずらして日曜日を空けたので、社長はどうぞ一日出かけてきてください。私が光流君を水族館にでも連れていって――」

「待て、菱田」

たったいま光流と広翔の件で揉めたところだ。光流に聞かれたら余計に拗《こじ》れる。だが遅かった。振り返った先で、しっかり聞いていた光流は盛大に頬を膨らませてむくれていた。

「やっぱり、ぼくをなかまはずれにするんだ！　ヒロトくんと、おでかけするんだ！　ナオのうそつきやろう！」

「光流、今夜の話じゃない。日曜日のことだ」

「ぼくもいきたい、ヒロトくんといっしょにおでかけしたい！」

光流は床に突っ伏して、わーんと声を上げて泣きはじめた。いきなりの大泣きに、菱田は呆然としている。尚行はなんと声をかけたらいいかわからず、途方に暮れた。

朝っぱらからこんな修羅場になったのは、はじめてだった。

なんとか泣き止んだ光流を幼稚園に送っていき、尚行は担任教師に今朝の出来事をかいつまんで伝えた。泣き腫らした目をした光流は、いつもより元気がない。注意深く見ていく、と担任に言ってもらえて安心してから、会社に向かった。

会社に着くと、いつも通りに分刻みで仕事をこなしていく。昼の休憩を挟み、午後になっても目の回るような忙しさは変わらない。尚行は充実感を抱きながら、どんどん仕事を片付けていった。

ふと集中力が途切れて時計を見ると、午後三時だった。光流のことを思い出す。

光流はどうしているだろうか、いまごろおやつの時間だろうか、不機嫌になって教師を困らせていないだろうかと心配になってくる。

光流の担任教師を、尚行は信頼していた。それにクラスには補助の教員がいるので、任せておいて大丈夫だろう――と、自分に言い聞かせる。

「どうかしましたか、社長」

尚行が余所事を考えていることに気付き、菱田が声をかけてきた。

「なにか気になることでも？」

「ちょっと、光流のことを思い出しただけだ」

「めずらしく今朝は不機嫌でしたね」

光流はいつも笑顔で元気だ。もともと楽天的な性格であることと、大人たちに気を遣っている部分もあるだろう。賢い子なのだ。だからあんなふうに癇癪《かんしゃく》を起こしたことを、いまごろ気に病んでいるかもしれない。

一度、幼稚園に電話して様子を聞こうか、と思ったとき、尚行の携帯電話が鳴った。携帯電話はデスクの端に私用とビジネス用とふたつ並べて置いてある。私用が鳴っていた。偶然にも表示されているのは光流の幼稚園の名前だ。

　めったに幼稚園から電話はかかってこない。光流が体調を崩したのかもしれないと、尚行は慌てて電話に出た。

『光流くんの緊急連絡先の立石尚行さんの携帯電話ですか？』

　聞き覚えのある女性の声が聞こえてきた。光流の担任教師だ。

「そうです。光流になにかありましたか」

『申し訳ありません。ほんのすこし目を離した隙に、姿が見えなくなってしまって……』

　思いもかけない事態だった。

「どういうことですか」

『今朝、立石さんから光流くんの様子に気を配ってほしいと話を聞いたので、注意をしていました。ですが、クラスのほかの子が給食のすこしあとに嘔吐《おうと》しまして、副担任と二人で後片付けをしているあいだ、うっかり目を離してしまいました』

　担任の声がかすかに震えている。かなり動転しているようだ。

「まだ見つかっていないんですね？」

『申し訳ありません！』

　尚行は菱田をちらりと見て、手元のメモ用紙に「ヒカル、行方不明」とだけ走り書きをした。目を丸くした菱田だが、すぐに自分の携帯電話を取り出して尚行のスケジュール調整に取りかかってくれる。

「姿が見えなくなってから何分たちました？」

『えー……と、十五分……いえ、二十分くらいたっているかもしれません』

けっこうな時間が経過している。そのあいだ、幼稚園中を探したのだろう。どうしても光流が見つからず、尚行に電話をしてきたわけだ。

『警察に届けた方がいいですか。園のマニュアルでは十五分間探しても見つからない場合は、園長が責任をもって通報することになっています。ですが立石さんのお宅は特殊なので、対応をお伺いしてからにしようと――』

光流が通う幼稚園は良家の子女が多い。こうした非常事態のマニュアルは二通りあるらしい。

「警察に通報、ですか」

尚行の呟きに、菱田がサッとメモ用紙に文字を書く。「通報は待て」と読めた。

光流の場合、営利誘拐の可能性がある。犯人からの連絡があるかもしれないから、警察の介入は時機を見た方がいいのだ。尚行は菱田に頷いて見せた。

「通報は待ってください。もうすこし様子を見ます。光流の行方はこちらで捜しますので、先生は園内の防犯カメラの映像を確認してくれませんか。不審者が出入りしていないか、光流らしき子供が写っていないか」

『わかりました。すぐに確認します』

「いったん電話を切ります」

通話を切り、尚行は秘書を見遣る。自分の携帯電話でだれかと話していた菱田も、ほぼ同時に切った。

「人を集めました。すぐに幼稚園周辺で聞き込みをさせます」

「そっちは頼む」

とりあえず尚行は担任からの連絡待ちだ。あと、営利誘拐だった場合は犯人から電話なりメールなりが届くだろう。尚行は心配のあまり動揺しながらも、頭の半分では冷静に何パターンかの対応を考えていた。

五分ほどたっただろうか。幼稚園から電話がかかってきた。

「防犯カメラの映像はどうでしたか」

『光流くんがうつっていました。ひとりで裏口から外に出ています』

「ひとりで？」

『ほかに人影はありませんでした。裏口から出て右へ向かっています。東ですね。そこからどこへ行ったかはわかりません』

「大変参考になりました。ありがとうございます」

『本当に申し訳ありません。こんなことになってしまって、光流くんにもしものことがあったら、私の責任です。どんな償いでもします。本当に、本当に……』

電話の向こうで担任がすすり泣きをはじめた。この場で慰めの言葉を口にしても仕方がない。事実、幼稚園にいるあいだは園がすべての責任を取らなければならないのだ。光流の安否がわからないいま、尚行にはなにも言えない。「また連絡します」とだけ伝えて、通話を切った。

「菱田、防犯カメラに光流がひとりでうつっていたそうだ」

「ひとりで……」

「まだ確証はないが、どうやら自主的に幼稚園を脱走したようだぞ」

だれかに園の外へおびき出された可能性はまだあるし、外をひとりでウロついていて変態に拉致《らち》されたパターンもあり得る。もちろん営利誘拐の可能性もまだ消えていない。

「東に向かったらしいが、とにかく探してくれ。俺は自宅に戻ってレイコを連れ出す」

尚行は立ち上がり、私用とビジネス用、二つの携帯電話をポケットに突っ込んだ。営利誘拐ならばどちらかの携帯に連絡が来る。

「レイコに追跡させるつもりですか。でも訓練しか経験がないですよね。実戦で役に立ちますか？」

「試してみないことにはわからんだろう」

尚行は社長室を出た。菱田が追いかけてくる。

「社長、車を回します」

「いや、タクシーを拾うからいい。おまえはここで指示役に徹していろ。報告は逐一、携帯にメールで送ってくれ」

菱田を置いて廊下を駆け抜け、エレベーターに飛び乗った。一階に下りるとエントランスを走る。居合わせた社員や来客、受付嬢たちが何事かと眺めていたようだが無視した。本社ビルの外に出て、通りを流しているタクシーを即座に拾う。自宅マンションの住所を告げ、「できるだけ急いでくれ」

と運転手に頼んだ。

本社ビルから自宅まではそれほど遠くない。移動のあいだに、菱田からのメールが何通か届いていた。幼稚園の周囲で光流の写真を持った人間たちが聞き込みをはじめていること、立石家の弁護士に連絡を取ったことなどが書かれていた。

ほどなくしてマンション前に着いた。運転手には多少の色をつけた料金を払う。上階にある自宅の玄関を入ると、リビングからレイコが走ってきた。いつもより早い主人の帰宅に喜んで尻尾を振っている。

「レイコ、いい子に留守番していたか」

行儀よくお座りした体勢で「ワフ！」と返事をしてきた。靴を脱いでいったん中に入り、尚行は光流の部屋のベッドから愛用のタオルケットを摑み上げた。それを畳んでビニール袋に入れる。レイコは尻尾をふりふりしながら尚行のあとをついて回っていた。

玄関にいつも置いてあるレイコの散歩グッズが入ったミニトートバッグを手にした。散歩なの？　といった感じでレイコの目が輝く。動きやすい服装に着替える時間が惜しかったので、尚行はスーツのまま、靴だけ革靴から散歩に使っているウォーキング用シューズに替えた。レイコ用の水もバッグに入れ、首輪にリードを繋げた。

「レイコ、いいか、よく聞け」

しゃがみこみ、尚行はレイコと目線を合わせる。

「光流が行方不明になった。わかるか？　光流がいなくなったんだ」

尚行が真剣だからか、レイコの空気がフッと変わった。レイコの茶色い瞳がじっと見つめてくる。

レイコは一歳に満たないときから定期的に犬の訓練学校で訓練を受けてきた。最初はただの基本的なしつけが目的だった。しかし、才能があるとわかった。スタンダードプードルは頭がいい。その中でもレイコは「かなり使える」と訓練士にお墨付きをもらっていた。本当の警察犬にするつもりはないので認定試験は受けさせていないが、いままさに訓練の成果を出すときだろう。

「おまえの力が必要だ。光流を探したい。いっしょに来てくれ」

通じるはずだ。レイコは家族の一員。光流とは姉と弟のようにして育ってきた。レイコにとっても、光流は大切な存在だ。「ワン！」と威勢よく返事をしたレイコを連れて、尚行は部屋を出た。地下駐車場に向かいながら、広翔のことを思い出した。

（もしかしたら、光流は広翔に会いにいったのかもしれない……）

尚行だけが広翔に会っていると泣いたのだ。尚行に訴えても望みをかなえてくれないならば、自力で会いにいってみようと考えたとしてもおかしくない。光流は無一文のはず。実際にたどり着けるかどうかは別として、広翔に知らせた方がいいかもしれない。

尚行はポケットから私用の携帯電話を取り出した。

◇

立石からの電話を受けたとき、広翔は大学から家に帰る途中だった。

　電車の中で着信に気付き、ちょうど駅に停車してドアが開いたところだったので降りた。今夜は会えないと言われていたが、予定が変更になったのかもしれない。ウキウキしながら携帯電話の画面をタップする。

「もしもし？」

『広翔、いまどこにいる？』

　聞いたことがないような深刻な響きの声に、広翔は驚いた。

「いま、ですか？　家に帰る途中です」

『時間に余裕がないので手短に伝える』

「あ、はい」

『光流が行方不明だ』

　えっ、と凍りつく。すぐにはその意味がわからなくて、ただ心臓だけがドクドクと激しく響きはじめて苦しくなってくる。

「それってどういう……」

『幼稚園から脱走したらしい。いま手分けして探しているところだ。営利誘拐の可能性は否定できないが、もしかしたら君に会いにいったのかもしれない』

「僕に？」

『君に会いたいと、数日前から俺に訴えていた。俺だけが君に会っていたからだ。それと、留守番ばかりさせて寂しい思いをさせてしまっていたようだ。その点は反省している。今朝も泣いて、仲間はずれにしないでと訴えていた』

「そんな……光流くん……」

広翔は光流の泣き顔など知らない。いつも笑顔で甘えてきていた。その光流が、広翔に会いたいと泣いたなんて――。話に聞いただけで広翔は涙が滲んできた。

「光流くんが僕に会いたがっていたなんて、いまはじめて聞きました。どうしてもっと早く教えてくれなかったんですか」

『すまない』

静かな謝罪の言葉に、広翔は目尻に滲んだ涙を指先で拭った。いま立石を責めても仕方がない。光流抜きで立石とデートを重ね、喜んでいたのは自分だ。自宅で留守番している光流がどういう気持ちになっているかなんて、考えたことがなかった。

「ごめんなさい、光流くんが心配なのは、立石さんの方なのに――」

『悪いのは俺だから責められるのは当然だ』

電話の向こうで立石がため息をついた。

『光流がもし君に会いにいったとしたら、途中で迷子になっているだろう。六歳児が徒歩で行ける距離ではないし、現金は持っていない。公共交通機関の乗り継ぎもわからないだろう。そもそも商店街の最寄り駅など知らないはずだ。交番を見つけて助けを求めることができればいいんだが、そんなに上手くはいかないだろうな』

「警察には届けましたか」

『いや、まだだ。もし営利誘拐ならば犯人を刺激してしまう。身代金ならいくらでも用意するから、穏便に済ませたい』

立石には妻子がいない。血縁の子供は光流だけだ。光流はいわゆる御曹司という身分にカテゴリーされるのか。身代金目的の誘拐があり得る家庭なのだ、と広翔はゾッとした。

『君はこのまま家に帰って、商店街付近に光流が現れないか待機していてくれないか』

「立石さんはどうするんですか」

『俺はレイコを連れていまから幼稚園に向かう。レイコに光流の匂いをたどらせようと思って』

「そんなこと、レイコができるんですか？」

『訓練を受けたことがあるから、できると思う』

あのレイコが警察犬のような仕事ができるなんて初耳だ。すごいことだ。

「僕もそれに参加させてください。商店街で待っているだけなんて、きっと耐えられません。祖父に連絡を取って、その役目を頼みますから、僕は立石さんといっしょに光流君を探したいです」

『しかし、見つかるかどうか……。そうとう歩くぞ』

「構いません」

お願い、と重ねて頼むと、立石は「仕方がないな」と折れてくれた。

『駅名を教えてくれ。君を拾う』

「ありがとうございます」

『君が礼を言うのはおかしいだろう』

そうかな、と首を傾げながら通話を切り、広翔は改札に向かった。日頃降りない駅なので、周辺の土地勘はない。だが駅前のロータリーに立っているようにと指示されたのでその通りにする。立石を待つあいだ、広翔は祖父の携帯電話に電話をかけた。

退院後、祖父は店を開くことなく、処方された薬をきちんと飲みながら静かに過ごしている。家事はすこしずつやってくれていた。商店街の再開発反対派の集まりには行っていないようなので、今日も家の居間にいるだろう。

『もしもし、広翔か？』

コール音二回で茂則が応答した。

「お祖父ちゃん、頼みがあるんだけど」

『頼み？　どうした、もうすぐ帰ってくるんじゃないのか』

大学を出て、電車に乗る前に、いまから帰るとメールを送っていた。

「じつは大変な事件が起こって――」

広翔は立石の名前を出さないように注意しながら、光流が幼稚園を抜け出して行方がわからない、とだけ話した。

『その子は、おまえが知り合いになったっていう例の家族の子か？』

「そう、光流くんっていう幼稚園年長さん。伯父のナオさんが、もしかしたら僕に会いにいったのかもしれないって言うんだ。僕はナオさんといっしょに幼稚園の周辺を探すから、お祖父ちゃんは商店街の中をちょっとウロついてくれないかな。光流くんらしき子供が現れたら保護して、僕に知らせてほしい」

『その子の写真はあるか？』

「メールに添付して送るよ」

広翔はいったん通話を切り、携帯電話の中にある写真の中から、光流の顔がばっちり写っている数枚を選んだ。祖父の携帯電話に送る。しばらくして茂則から電話がかかってきた。

『可愛い子だな』

光流の写真を見た感想がそれだった。こんな事態なのに、広翔はつい笑ってしまう。

「可愛いよね。だから誘拐された可能性もあるからって、ナオさんもすごく心配しているんだ。お祖父ちゃんはアーケードから出なくていいから、ちょっとだけ外の様子を見て。日陰にいてよ。そろそろ日向《ひなた》は暑い時期になったから」

『わかったわかった』

祖父は広翔の頼みを聞いてくれ、すぐに外へ出ると約束してくれた。

通話を切ってしばらくすると、見覚えのある車が視界に入ってきた。運転席にいるのは立石だ。ロータリーに入ってきた立石の車は、広翔の前ですっと停車する。

広翔は急いで助手席に乗りこみ、後部座席のレイコと目を合わせた。ゆっくりと尻尾を振るレイコは、いつものご機嫌な様子とはすこしちがう。

「レイコには事情を話した。きっと光流のことを心配している」

「そうなんですね」

広翔がシートベルトを締めるのを待って、立石が車を発進させる。そこから幼稚園までは十数分だった。幼稚園の職員用の駐車場に車を止めさせてもらい、立石は光流のタオルケットを入れたビニール袋をレイコの鼻先に押しつけた。レイコは黙って匂いを嗅いでいる。広翔はレイコの散歩グッズのバッグを持つ係だ。担任の女性教師も捜索に付き合ってもらうため、緊張した面持ちでレイコの様子を見つめている。立石も広翔もこの周辺の土地勘がないからだ。

はじめる前に、立石は秘書の菱田に連絡を取り、光流の目撃情報があったかどうか聞いていた。どうも有力な情報はなかったようだ。平日の午後で、周辺は高級住宅街のようだから、あまり人通りがないのだろう。レイコの働きに期待するしかない。

幼稚園の裏口から、匂いの追跡がはじまった。

レイコの足取りに迷いはない。幼稚園周辺は高級住宅街で、車の通りはそれほど多くなかったし、道路にはガードレール付きの歩道もある。光流はいつも車で通る道の歩道を、きちんと歩いたようだ。

「このあたりは園の行事で歩いたことがあります。この先に神社があって、秋には落ち葉やどんぐりを拾いにいったり、年明けには初詣に行ったりするんです」

担任の説明に、立石が頷く。もう年長の光流は、何度もここを歩いたことがあるらしい。

レイコが道の匂いを嗅ぎながら、なにかに導かれるようにして十字路を右に折れた。

「えっ、こっち？」

教師が戸惑った顔をする。

「こっちには来たことがありません。たしか、まっすぐ行くと川があります。そんなに大きな川ではないんですけど……」

立石の表情が険しくなった。広翔は嫌な想像をしてしまい、勝手に背筋を寒くする。

（変な想像をしちゃダメだ。光流くんはただ道がわからなくなって、迷子になっているだけだから。きっと）

自分にそう言い聞かせて、レイコと立石のあとをついていく。

担任が言う通り、しばらく進むと道は川に突き当たった。川沿いに道は左右へ分かれている。そこでレイコは左に進んだ。

川幅は十メートルくらいだろうか。手すり越しに川を覗きこんでみる。水量はさほど多くなく、水質はあまり悪くない。底が透けて見えていた。だが川底までは遠く、側面はコンクリートで固められていて、一度落ちたら上がってこられそうにない。たぶんどこかに階段があるだろうが、見渡した範囲にはなかった。

光流がもし転落していたら、とやはり考えてしまう。だがレイコはまったく川には反応せず、黙々と匂いを追って歩いていた。幼稚園からかなりの距離を進んだが、光流の姿はない。担任の顔色は悪く、広翔も疲れを感じてきた。

光流が幼稚園を抜け出してから、すでに一時間近くが過ぎていた。

やはり警察に通報して大々的に捜索してもらった方がいいのでは——と、喉元まで出かかる。立石には立石の事情があるのだろうと理解を示したいけれど、光流の命には替えられない。

（光流くん……）

最後に光流に会ってから、もう何日たっただろう。光流の存在を忘れていたわけではないが、立石と二人きりで会うことに夢中になっていた。光流は会いたいと言ってくれていたらしい。無邪気な笑顔を思い浮かべると、目頭が熱くなってきて涙が滲みそうになる。

どうか無事でいてほしい。ただ迷子になっているだけなら、きっと見つかる。悪い人に連れていかれていませんように、と広翔は心の中で何度も祈った。

やがて電車の走行音が聞こえてきた。道の先に踏切が見える。川といい踏切といい、子供にとって危険な場所がいっぱいだ。広翔は自然と早足になっていた。無意識のうちにレイコを追い越す。するとレイコも速度を上げて、立石をリードで引っ張るかたちになった。

踏切の横、金網のフェンスに、張りつくようにして子供がいた。白い半袖シャツに紺色のズボン。

「光流！」

立石が一番に叫んだ。子供がパッと振り向く。光流だった。

「光流くん！」

一斉に三人と一匹が走り出す。よかった、無事だった。ちゃんと自分の足で立っている。

真っ先に駆け寄った広翔は、光流を抱きしめた。そのまわりをレイコが嬉しそうに吠えながらぐるぐる回る。

「光流くん、よかった、よかった！」

「ヒロトくん？」

どうして、と掠れた声で光流が呟く。

「みんなで探したんだよ」

「ぼくを、さがしたの？」

「そう。無事でよかった。心配したんだよ、ものすごく」

たくさん歩いたせいだろう、光流は顔に汗をかいて、前髪が額に張りついている。それを広翔は優しくかき上げた。安堵のあまり腰が抜けたようになり、広翔はアスファルトの歩道にへなへなと座りこんだ。

「ヒロトくん……」

「ここにおいで」

光流を膝に抱いて、本当にケガがないか手足を点検する。

「光流、どうして勝手に幼稚園から出たんだ！」

突然、立石が怒鳴った。おそらくもっとも光流の安否に神経をすり減らしていた立石は、無事に光流が見つかった安堵の反動で怒りがこみ上げてきたのだろう。腕の中で光流がビクッと震えた。

「立石さん、大声を出さないで」

広翔が咎めると、立石がぐっと喉を鳴らして口を閉じた。

広翔の胸に顔を埋《うず》めた光流は、きゅっと身を縮めている。やってはいけないことをしたという自覚があるのだ。六歳にもなれば、ひとりで幼稚園の外へ出てはいけないことくらいわかっている。それでもやってしまったのだ。

「光流くんには光流くんなりの理由があって、外に出たんだと思います。ね、そうだよね、光流くん」

俯いている光流の顔を覗きこむと、大きな黒い瞳が潤んでいた。

「……ぼく、ヒロトくんにあいにいこうとおもって……」

立石の読みの通りだった。「そうだったんだ、光流くん」と広翔が微笑むと、光流の両目からぼろぼろっと涙がこぼれた。

「ぼくだけ、いつもおるすばんで、なかまはずれにするから、ナオが、ぼくを、おいていくからっ」

「光流……」

立石がしゃがみこみ、光流に目線を合わせる。

「それは悪かったと思っている。だからこんど、いっしょに会いにいこうと言っただろう。待てなかったのか」

「きょう、あいたかったの！　ぼく、たくさんがまんしたもん。おるすばんなんかイヤっていったら、ナオがこまるから、いっぱいがまんした！」

体を震わせながら感情を爆発させる光流の背中を、広翔はよしよしと撫でてやる。大人の都合で振り回されている光流は、日頃からストレスを感じていたのだ。

「もう、もうがまんしたくなかった、ぼく、ずっとがんばったもん……」

「そうだね、光流くんはエラいよ。よく頑張った」

「パ、パパと、ママにあえなくても、がまんしたもん。さみしくても、が、がまん、したっ」

光流の涙は止まらない。「パパ」と呟きながら泣いている。あとからあとから溢れてくる涙を、担任がそっと差し出してくれたタオルハンカチで拭いてあげた。すると、いつのまにかもらい泣きしていた広翔の頬を、立石が黙ってハンカチで拭いてくれた。

「パパに、あいたい」

「光流くん……」

光流は父親にも会いたかったのだ。本当は広翔よりもずっと父親に会いたくて、けれど言えなくて、我慢していたのだろう。

「パパとママはりこんしたから、もうパパにあいたいっていっちゃいけないんだ」

「そんなことはないと思うよ。立石さん、面会ってどうなっているの？」

広翔は尋ねると、立石は「ほとんどしていないようだ」と困惑気味の返事。

「俺が知る限り、光流と父親は会っていない。歌織が帰国したときに、ごくたまに会わせてはいるみたいだが……。俺は光流の父親とは直接連絡を取り合っていないから、くわしいことを知らない。こんど弁護士に聞いてみる」

「会わせてあげてほしい」

「そうだな。わかった」

立石が約束してくれたので、「パパに会えると思うよ」と広翔は慰めた。光流の目から、またぽろりと涙がこぼれる。

「い、いつ、あえるの」

「それはちょっとわからない。ごめんね。その代わり……にはならないかもしれないけど、僕ならいつでも光流くんに会えるよ」

「ほんと？」

「これからはいつでも会えるように、立石さんにお願いしておこうね」

うん、と光流は洟《はな》を啜《すす》りながら笑顔になった。

「僕に会いたくなったら、だれか大人に言ってほしい。ひとりで出かけないで」

うん、と光流はまた頷く。

「もう、ひとりでいかない。ひとりはいや。ヒロトくんにあいにいきたかったのに、みちがわからなくて、でんしゃがみえたから、これにのったらヒロトくんのところまでいけるかなっておもったんだけど、えきが、わからなくて」

「うん、ちょっと難しかったね」

「こ、こわかった……」

ううぅぅと呻きながら広翔にしがみついてくる光流を、あらためて抱きしめる。

「こわかったよぅ、ヒロトくん」

「もう大丈夫、僕も、立石さんも、先生も、レイコも来てくれたから大丈夫」

「レイコちゃーん」

光流が呼ぶと、レイコが嬉しそうに鼻を寄せる。涙で濡れた頬をぺろりと舐めて、レイコは我が子を見るような慈しみの瞳で光流を見つめた。

「レイコが光流くんを見つけたんだよ」

「そうなの？」

「光流くんの匂いをたどって、ここまで来たんだ。すごいよね」

「レイコちゃん、すごーい」

広翔の膝から下り、光流はレイコの首に抱きついた。ふわふわの体毛に顔を埋めて、光流はやっと泣き止み、笑顔を浮かべた。

◇

光流が見つかった、その場で尚行は菱田に連絡を取った。

『無事でよかったです』

ホッとした声を出した菱田は、捜索のために動かした人員のフォローと幼稚園との話しあいを請け負った。

『社長はそのまま光流くんと帰宅してください。今夜の予定は調整しました。光流くんのメンタルケアをお願いします』

「わかった。ありがとう」

『歌織さんには連絡しますか？』

「した方がいいな。母親として知っておかなくてはならないことだと思う。そっちも頼めるか？」

『わかりました』

通話を切り、光流と広翔を振り返る。広翔に凭《もた》れて、光流は目をしょぼつかせていた。疲れ切って眠気に襲われているようだ。レイコのリードを広翔に託し、尚行は光流を背負った。広い背中に負われて、光流はすぐにうとうとしはじめる。子供の体温は高い。背中がすぐに熱くなって汗が滲んだ。

その熱と重みを、尚行は全身でしみじみと味わう。光流が無事で、本当によかった。

幼稚園までの帰り道は、探しながらの歩みと違って早い。あっというまに駐車場に到着した。尚行は後部座席のチャイルドシートに光流を乗せ、その横にレイコを促した。レイコはサッと車内に入り、眠っている光流をじっと見ている。

「先生、このたびは甥が大変ご迷惑をおかけしました」

担任に頭を下げると、「いえ、そんな」と目を丸くする。

「落ち度があったのはこちらです。すぐに職員会議を開き、検証して再発防止に努めます」

後日あらためて園長には挨拶することにし、尚行は広翔を助手席に乗せて帰路についた。

そこで尚行は、広翔をどうするべきか逡巡《しゅんじゅん》する。商店街まで送っていくのは簡単だ。しかし——。

「広翔、このままうちまでついてきてくれないか。いつ起きるかわからないが、寝ているあいだに君が帰ってしまったら、また光流が泣くかもしれない」

「そうですね。僕も別れがたいと思っているので、お邪魔していいですか」

「頼む」

広翔が頼みを聞いてくれて、尚行はふと思う。

もしかして自分は、光流にかこつけて広翔を帰したくなかっただけではないか。見つかった光流を抱きしめて泣いてくれた広翔を見て、かつてないほどの愛しさがこみ上げてきた。光流を抱きしめている広翔を尚行はさらに抱きしめたいと思ったのだ。

自宅マンションに着くまで光流は熟睡し、さて抱き上げてエレベーターまで移動しようというタイミングで目覚めた。自分で歩くと主張する光流の手を引いて、上階の自宅へと移動する。光流は広翔がいっしょに部屋まで来てくれることに喜んでいた。

喜ぶ光流を見られて尚行も嬉しいし、広翔が部屋に来てくれて嬉しい。二度美味しいとはこのことか、と尚行はズレたことを考えた。

自宅に帰り着き、全員が期せずして「ふぅ」と息をつく。ハードな一日だった。幼稚園から電話がかかってきてからいままで、実際はほんの三時間ほどの出来事だ。まだ日も暮れていない。けれど三人とも精神的な疲労からか、ぐったりと脱力している。

まずは功労者であるレイコに水をあげ、とっておきのおやつを出してやった。骨を模したドッグフードだ。レイコは喜んで自分のベッドに持ち込み、囓りはじめる。

「よし、光流、風呂に入ろう」

「汗だくだもんね」

広翔がそう言ってくれたので、光流はおとなしく洗面所まで連行されてくれた。

「立石さん、そのスーツはどうするんですか？」

バサバサと暑苦しいスーツを脱いでいると、広翔が尋ねてきた。

「クリーニングに出すから、こっちの袋に入れてくれないか」

はい、と返事をしてスーツを受け取り、簡単に畳んでクリーニング店の袋に詰めてくれる。制服をひとりで脱いでいる光流に「上手にボタンが外せるね」と声をかけてくれたりして、そのかいがいしさに尚行は顔がニヤけしてまいそうになって困った。

尚行がワイシャツを脱いで下着姿になると、広翔は洗面所からそっと出て行く。俯いた横顔が赤くなっていて、光流の前だというのにそそられて困った。股間が熱を孕《はら》んではマズいので、できるだけ広翔のことを考えないようにした。

「さあ、風呂だ」

「はーい」

光流は一眠りしたからかすっかりいつもの調子を取り戻していて、尚行の言うことをよく聞いた。

頭からシャワーを浴びせ、全身を洗えるソープで泡もこもこにする。光流がしゃがみこんで洗面器に泡を浮かべて遊んでいる隙に、尚行がわーっとすべてを洗ってやった。つぎに自分もザッと洗ってシャワーで流す。

光流の面倒を見るようになってから、自宅でゆっくり風呂に入ったことはない。出張でたまにホテルに泊まったときだけ、のんびりできる。

半分ほど湯が溜まった浴槽に二人で入った。膝に抱っこして沈まないように光流を支える。

「ねえ、ナオ」

「なんだ」

「きょうはごめんなさい」

尚行に背中を向けたまま、光流がぽつりと謝ってきた。

「謝罪はもう聞いたからいい。二度としないでくれればな」

「うん、もうしない。ヒロトくんがないちゃった……。ぼくのせいだよね」

「そうだな、ものすごく心配したから、おまえが見つかってホッとして涙が出たんだ」

「……あとで、もういっかい、あやまる」

「そうか」

光流の決意を聞いて、尚行はひっそりと笑った。今日の出来事で、光流はひとつ成長したようだ。

「ヒロトくん、きょうはいつまでいるの？　いっしょにごはんたべる？」

「そうだな……誘えば晩飯を食べていくだろう」

「おとまりは、できないかな？」

「泊まりか……。どうかな。明日も平日だから大学があるだろうが――」

尚行はさっきの広翔の様子を思い出し、率直に帰したくないと思う。

いままで広翔と宿泊をともなうデートはしたことがなかった。光流も交えての外出ならなおさら、夜遅くなる前に解散していた。一度くらい泊まってくれても……と気安く考えられないのは、健全に、なにもせずに夜を過ごす自信がないからだ。

たとえ別の部屋に布団を敷いて広翔を寝かせても、尚行は絶対に夜這《よば》いなんかしないとは誓えない。彼を見る限り、押せば落とせるところまできているとしか思えないし、今日の光流は疲れているので寝付いたら朝までぐっすり熟睡だろう。別の部屋で多少の物音をたてても大丈夫そうだ。

「ぼく、ヒロトくんともっとおはなししたい。ナオ、とまってもらおうよぅ」

光流が振り向き、甘えた上目遣いで尚行を見つめてくる。可愛い甥っ子の願いを、仕方なく聞き入れる態《てい》で、尚行は重々しく頷いた。

「光流が広翔に頼んでみろ。広翔がＯＫしたら、俺はべつに構わない」

「わーい！」

バンザイして喜ぶ光流に、尚行はうんうんと頷く。わーいと喜びたいのは尚行もおなじだった。

「ただし、広翔の布団は客間に敷くぞ。おまえの部屋はダメだ」

「えー、あさまでいっしょにいたいのにー」

「別の部屋で寝た方が、気が休まるだろう。きっと広翔は光流が寝付くまでそばにいてくれるさ。枕元で絵本を読んでほしいとお願いしてみたらどうだ」

「おねがいしてみる！」

また「わーい」と光流はバンザイした。尚行がなぜ広翔を客間で寝かせると宣言したかなんて、光流は深読みしない。

「おまえは可愛いな」

濡れた髪を撫でてやると、光流は笑顔で「ナオはカッコいいよ」と言ってくれた。

「それはありがとう。広翔もそう思っているかな」

「おもってるよぅ。だってときどき、ヒロトくん、ナオのことじっとみてるもん。キラキラしためでみてるから、きっとカッコいいっておもっているんだよ」

「そうか、俺をじっと見ているのか」

なるほど、と尚行は両手で湯をすくい、顔を洗う。口元がニヤけてしまい、どうしようもなかった。

◇

「ねえ、おねがい」

夕食後、さて帰ろうかなと支度をしている広翔に、光流が「とまっていって」と声をかけてきた。

びっくりして立石の顔色を窺うと、すでに承知していたらしくなにも言わない。泊まっていくことをまったく考えていなかった広翔は逡巡した。すると、光流が「おねがい」と潤んだ目で縋りついてくる。光流に懇願されると断り切れない。ましてや家主の立石が許可しているのだ。

広翔は悩んだ末、立石家に泊まっていくことになった。

泊まったからといって、きっとなにもない。考えすぎだ、自意識過剰だと、自分に言い聞かせる。

「じゃあ、あの、一晩よろしくお願いします」

広翔がドキドキしながら立石に頭を下げると、光流の前ではそっけない顔で「客間に布団を敷くから」と言っていたのに、そのあとでキッチンカウンターの内側でこそっと耳打ちしてきた。

「光流が寝てから、忍んでいってもいいか」

えっ、と言葉に詰まった広翔に、立石がフッと笑う。

「光流のことで話があるから」

「あ、ああ……、はい」

なんだ、と落胆が顔に出てしまったかもしれない。顔がじわりと熱くなって、広翔は俯いた。はじめて泊まった夜にいきなり進展があるかもなんて、考えすぎだ。そもそも広翔は立石の告白に明確な返事をしていない。

（恥ずかしい……。僕、さっきどんな顔になっていたのかな。立石さん、笑っていたけど呆れていないかな。ああ、僕のバカ）

光流に「どうしたの？　おねつ？　だいじょうぶ？」と気遣われてしまうくらいに、しばらく顔の赤みが引かなかった。

動揺を引きずったまま祖父に電話をして、外泊することを伝えた。光流のそばにいてあげたいから、という理由を、茂則はすんなり信じた。

『その子はまだ六歳だといったな。おまえに懐いているなら、そばにいてあげなさい』

茂則ならそう言ってくれると思っていた。

『明日の授業はサボるんじゃないぞ』

「うん、わかってる。おやすみ」

まだ布団が敷かれていない客間の隅で、広翔は通話を切った携帯電話を手に、しばし考えた。

光流が寝付いたら、立石と二人きりになる。話があると言っていたので、まずはその話を聞くことになるだろう。その後は？

（返事をした方が……いいよね……）

感情を隠しきれていない自覚があるから、きっと立石にはバレバレだろう。キスだって、このあいだされた。隙を突いて、ファーストキスをかすめ取られた。

けれど広翔はそれに対して抗議しなかったし——そもそも腹を立ててはいなかった——恥ずかしがって俯いただけだった。あれで脈がないと思うはずがない。

（立石さんは、言ってくれた……）

広翔はゲイだとカミングアウトしたわけではないのだから、男に告白するのは勇気がいっただろう。高い壁を勇気で越えてくれた立石に、広翔は正面から向きあって言葉で気持ちを伝えなければならない。

そこではじめて、二人の関係が進んでいくと思うから。

（よし、覚悟を決めたぞ。今夜、僕も気持ちを伝える。言葉にする）

ぐっと拳を握り、広翔は密かに決意したのだった。

「そこで大きなキツネは小さなキツネたちに言いました。『わたしの毛の中に隠れなさい』ひどい雨と風でびしょ濡れになっていた小さなキツネたちは、おそるおそる大きなキツネのお腹の毛に入りました。そこはふわふわと柔らかくて、ぽかぽかと暖かくて、ふんわりと優しい匂いがしました」

「ヒロトくんは、ぼくとおなじにおいになったね」

「さっきお風呂を借りて、シャンプーを使わせてもらったからだよ」

「えへへ」

嬉しそうな光流に、広翔も笑顔になった。会話をしているが、光流の目がしょぼしょぼとあまり開かなくなっている。

照明をやや暗くした部屋で、ベッドに横たわってお気に入りのタオルケットにくるまった光流は、広翔がゆっくりと読む絵本の世界に耳を傾けながら、いままさに眠りに落ちようとしていた。

「大きいキツネは言いました。『もう寒くないかい？』小さいキツネは答えました。『もう寒くないよ。ありがとう』――」

光流の目が閉じられて、静かな寝息が聞こえはじめる。広翔は絵本を閉じたあともしばらく寝顔を見つめ、もう完全に寝たと判断すると照明をフットライトだけにして部屋を出た。

リビングでは立石がソファに座ってテレビを見ていた。夜のニュースを眺めている。広翔が光流の部屋から出たのをチラリと横目で見て、手招きしてきた。なにを言われるのかな、と広翔はすこし緊張しながら歩み寄った。

「光流は寝たか？」

「寝ました」

「じゃあ、すこし話をしよう。さっき客間に忍んでいくと言ったが、ここでもいいか」

立石が自分の横のスペースをぽんぽんと叩く。ここに座れ、ということだろう。広翔はそこに腰を下ろした。すると、「今日はありがとう」とあらためて礼を言われた。

「そんな……僕、お礼を言ってもらえるほどの働きはしていません」

「君がいてくれるだけで俺は心強かった。光流になにかあったら自分のせいだと、ずっと内心ではテンパっていたからな」

そんなふうには見えなかったが、冷静さをキープするのは大変だったということだろう。あの場で立石が冷静さを失っていたらリーダーがいなくなってしまい、混乱がレイコに伝わってしまって、光流を見つけられなかったかもしれない。

「俺は光流の寂しい気持ちをわかってあげていなかった。聞き分けがよくてしっかりしているとはいえ、まだ幼稚園児なんだ。親が恋しいのは当然だろう。それなのに、俺とレイコがそばにいれば大丈夫だと思っていた。笑顔の裏でどれだけの我慢をしていたんだろうと考えると、たまらなくなる」

立石が切ないため息をつく。慰めてあげたくて、広翔は立石の背中にそっと手を添えた。

「菱田に頼んで歌織に連絡をつけてもらった。今日の顚末《てんまつ》について今後のことを話しあう必要がある。歌織には好きな仕事を好きなだけしてもらいたいと思っていたが、それは俺の勝手な考えだ。光流が子供のうちはもっと日本国内に留まって、触れあう時間を作った方がいい。それに父親にも会わせないとダメだ」

「そうですね。光流くん、パパっ子だったみたいですから」

泣きながら光流は父親のことを口にしていた。頭がいい子だからこそ、我慢しすぎて爆発してしまったのだろう。立石が頭ごなしに子供を叱る人ではなかったことに、広翔は安堵している。

「今日、光流が脱走したきっかけは、俺だ」

「立石さん……」

「あのリフォーム中のマンションに置く家具を君と見にいきたいから、菱田にスケジュールの調整を頼んでいたのを、光流に聞かれた。光流は俺ばかりが君に会っているのはずるいと怒った。たしかに最近、君と二人きりのデートを優先して、光流を含めた三人で会う機会は減っていた。あの子はそれが不満だったようだ」

それについては広翔も悪い。立石と二人きりのデートが楽しくて、このまま続けていきたいと思っていたのだから。

「親に会えないのを我慢して伯父の家で暮らしているだけでもストレスが溜まるのに、友達になった広翔に会えない、会わせてもらえない。俺だけが内緒で会っている。腹が立って、衝動的に幼稚園を飛び出したんだろう」

育児は難しい。自分の子でないなら、なおさらだ。光流を可愛がっているからこそ、立石はとても反省していた。

「そこで広翔に頼みがある」

「なんでしょう？」

「家具を見にいくとき、光流がついてきてもいいか」

「なんだ、そんなこと。いいですよ、もちろん。だってあのマンションは、そもそも立石さんのもので、僕が住むことになったとしても、光流くんを出入り禁止にするつもりはありませんよ。光流くん専用の椅子や机があってもいいと思います」

「ありがとう」

立石が固かった表情を緩めて、頭を下げてきた。

「ところで、お祖父さんには、外泊の連絡をしたか？」

「しました」

「退院後の体調はどうだ」

「いまのところ体調は悪くないみたいですね。退院したら無理にでも店の営業を再開するかも、と心配していたんですけど、おとなしくしています」

「君としては、このまま廃業してほしいと思っているのか」

「……祖父が、そう簡単に親から受け継いだ店を閉じられない気持ちはわかります。でももう年ですし、後継者がいない以上いつかは決断しなければならなかったことです。商店街の仲間たちの手前、なにかよほどのきっかけがなければ閉店できなかったと思うので、病気を理由にできるいまがその時なんじゃないのかなって」

「そうだな。あと十歳若ければ再起できただろうが、もう無理だろう。その現実を受け止めることができるかどうか、だな」

　立石が難しい顔で頷く。

「再開発を進めている側としては、祖父に早く引退してもらいたいんですよね？」

「まあ、それはそうだが、すべての人に納得して立ち退いてもらいたいというのが、俺のポリシーだ。強制的に退居させるのは好きじゃない。一昔前ならいざしらず、いまは法律もいろいろあるしな。時間はかかるが、話しあいで解決するように、社員には徹底させている。そのためうちの会社は立ち退き交渉で提示する金額がけっこういいぞ」

ニッと笑う立石がビジネスマンの顔をしていてカッコいい。

「立ち退き料があれば、君の学費もなんとかなるんじゃないのか？　そこまでは考えなかったのか」

「考えましたよ。でも、あの家と店舗は、祖父のものです。僕は居候させてもらっているだけだから、嫌がっている祖父にお金のために立ち退いてくれなんて言えるわけがないでしょう」

「君は健全だな。いや潔癖というか――」

「変ですか？」

「いや、好ましい」

さらりと言われた一言に、広翔は黙る。好ましいとは、好きということだろうか。

そういえば、告白の返事をしようと決めたのだった。祖父の話をしていて、すっかり忘れていた。

「広翔」

「は、はい」

「俺はいま、好きだと言ったんだが、わかったか？」

やっぱりそうだった。

「わかりました、はい、しっかりと、はい」

にわかに緊張が高まってきて、広翔はソファの上で背筋を正す。ドキドキしながら、隣にいる立石に「あの」と切り出した。

「以前、保留にしていた件についてなんですが」

「保留？　なんのことだ」

「えっ」

首を傾げた立石に、広翔は動揺した。

告白の返事をしていないことを、立石は覚えていないのか。それともなかったことになっているのか。まさか告白じたいがなかったことになっているわけはないだろう。たったいま、好きと言ってくれた。いやでも、もしかしてこれは、親愛の情みたいな「好き」なのだろうか。ＬＯＶＥではなくＬＩＫＥの「好き」なのか。恋愛の意味の「好き」ではないのか。広翔がぐずぐずしているあいだに脈なしと判断して、立石が広翔を恋愛対象から外したのだろうか。

客間に忍んでいく、という言葉に色っぽい意味がまったくなかったとしたら、広翔はどう心の整理をつけたらいいのか。てっきり立石との関係を一歩進めて親密になれるとばかり思っていた。そうした行為に恐れがないわけではないが、それを上回る期待があった。

なにせはじめて本格的な恋愛感情を抱いた人なのだ。自分よりずっと大人で、包容力があって頼り甲斐があって愛情深くて、なによりもカッコよくて料理上手できれい好きで仕事までできるなんて、そんなすごい人が広翔を好きだと言ってくれた。好意を持たれているという事実にあぐらをかいて、余裕綽々《しゃくしゃく》でいたつもりはないが、もしかしたら自覚がないだけで端から見たらそうだったのかもしれない。それが立石に傲慢な態度だと受け止められていたら、広翔は終わりだ。

「広翔、どうした？　広翔」

肩を掴まれて体をぐらぐら揺すられ、広翔はハッと我に返った。一瞬のあいだに脳内でめまぐるしく思考が交叉《こうさ》して、意識が飛びそうになっていた。

目の前に立石の心配そうな顔がある。広翔は「落ち着け」と自分に言い聞かせ、深呼吸した。まだ立石の本心は聞いていない。それでも思考の最後に浮かんだ「終わり」という言葉が胸に刺さって痛かった。

「あの、僕……」

どうしよう。なんと切り出したらいいのかわからなくなった。おろおろしていたら、立石がフッと笑った。

「可愛いなぁ」

「えっ……」

「大切に育てられた箱入りだ。あるいは温室育ちとか、純粋培養とか。俺なんかが手折っていいものかどうか、罪悪感を抱きそうになる」

立石の目が優しく細められ、大きな手で頬を撫でられた。その手は顎の丸みをたしかめるように動き、親指だけが違う動きをして下唇をなぞった。ぞくっとした。悪寒ではなく、甘い官能的な震えだ。下唇をなぞっていた指が上唇を押し上げ、歯に触れてきた。表面を爪でカリリと擦られ、広翔は思わず喘いだ。

立石はそれほど表情を変えたわけではないのに、なぜだか急に大人の色気を大放出してきた。これはどういうことだ。どういう意味だ。

（手折るって？　急に文学的になったぞ。僕は手折られる立場ってこと？　それって……）

なんだかいろいろなことを考えなくてはいけなくなり、広翔は焦った。

「立石さん、あの」

「なんだ」

「ど、して、顔をそんなに触って……」

「ああ、すまない。つるつるだなと思ったら手が出ていた。不快だったか？」

「いえ、そんなことはないんですけど、いきなりだったので、びっくりして」

するっと手が引いていってしまい、広翔はホッとしつつも残念な気持ちになった。立石の視線がじーっと広翔の顔に注がれている。こんどはなんだ、と身構えたら質問が飛んできた。

「髭は生えるのか？」

「え？　生えますよ……」

一般的な成人男性よりはずっと量が少ないが、広翔だって髭くらい生える。とはいえ、毎朝かならず剃らなければならないほどには生えない。どうしてそんなことを聞くのか、と考え、ハッとした。

「もしかして、髭が生えたらダメですか」

「どうしてそういう結論に達するんだ」

「立石さんが望むなら永久脱毛しても――」

「しなくていい。君がしたいなら別だが」

立石が俯いて肩を揺らしはじめた。くっくっと笑っている。笑わせるつもりの発言ではなかったのに、ウケてしまった。

「君は本当に面白いな」

「どこが面白いのか、僕にはわかりません……」

「いいんだ、君はわからなくても、俺だけがわかっていれば」

「そうなんですか」

「そうなんだよ」

見つめてくる立石のまなざしが、なんだか甘ったるい。直視するのが辛くなってきて視線を逸らしたいのに、釘付けになったように動けなかった。

「君のそういうところが、俺は好きなんだ」

真正面からそう告げられて、息が止まりそうになる。心臓が恐ろしい早さでドクドクと暴れ出し、広翔は全身を熱くさせた。そして反省する。

こんなにも立石は気持ちをはっきり口にしてくれているのだから、やっぱり自分も言わなくてはいけない。きちんと、言葉にしないと。

「保留にしていた件って、俺の告白に対して君が明確な返事をしていないことか」

なんだ、覚えていた。そうです、と食い気味に頷いた広翔に、立石が思案気な顔になる。

「たしかにはっきりとした返事はもらっていないが、気にしなくていいのかと思っていた。君が態度で示してくれていたから」

やっぱり態度に出まくっていたようだ。だから立石は返事を急かすこともなく、のんびりと食事デートを楽しみ、堂々とグランドピアノを見せてくれたのか。

「もうわかっているかもしれませんが、僕の口から言わせてください。今夜、立石さんにはっきり返事をしようと決めていたんです」

背筋を伸ばして顎を上げる。下腹に力をこめて、いざ——と構えたら、急激に羞恥心が高まってきて顔に血が集まった。頭から湯気が上りそうなほど熱くなってくる。

「あの、あのあのあの、僕、立石さんのこと……」

視界が霞《かす》むのはなぜだ。どうしてかわからないけれど涙が滲んでいる。ここは泣く場面ではないのに。潔く、カッコよく、好きなことを告げればいいだけなのに。

「立石さん」

隣にいる立石の手を、そろりと摑んだ。ぎゅっと握っても、立石はなにも言わない。好きなようにさせてくれている——と思うと、勇気をもらえた。

「好きです」

たった四文字。やっと言えた。安堵とともに全身から力が抜けて、広翔はふにゃふにゃと立石に凭れかかった。逞《たくま》しい腕が抱きしめてくれる。

「俺も好きだ」

耳元に囁かれて、幸福感に包まれた。

「君が俺の告白になかなか返事ができなかった理由は、だいたい察している。俺が信用できなかったんだろう？　最初の出会いが作為的だったことに、君はショックを受けていた。騙したようなかたちになっていたのは、本当に俺が悪かったと反省している。だから、君が俺を嫌わないでいてくれるだけでありがたいと思って、ずっと待っていた」

　広翔の髪に立石が頬を寄せ、背中を優しい手つきで撫でてくれた。スーツで着痩せするたちらしい立石は、じつは胸板が厚くて逞しい体つきをしている。ほどよい固さの胸筋に顔を埋め、広翔はその弾力を堪能した。

「広翔の正直さが好きだ。なにごとにもまっすぐで、嘘がない。努力家で、頑張り屋で、優しいところも好きだ。寂しがり屋なところもいい。こんなふうに甘えてもらえたら、俺は嬉しい」

　よいしょ、と立石に体を持ち上げられ、なんと膝に乗せられてしまった。横抱きされるなんて、幼児期以来かもしれない。恥ずかしい体勢に、広翔は目を丸くして抗《あらが》った。

「下ろしてください」

「イヤだ」

「重いでしょう」

「軽いくらいだ」

「か、顔が近くて、恥ずかしいですっ」

「慣れろ」

「慣れるまでこのままですか？　無理です」

「そうかな。こんなのはどうだ？」

　立石が頬と頬をくっつけてきた。近すぎて顔が見えなくなる。これで安心、なわけない。余計に動揺して広翔は体を硬くした。

「あーいいな、これ。君は俺の腕にぴったりおさまる。ちょうどいいサイズ感だ。いつまでもこうしていられるぞ」

「そ、それは、困るっていうか、なんというか……」

「困らないだろう。俺は快適だ」

「僕は困ります。どうしていいかわかりません」

「キスしたくなってきた」

「は？」

「こんな近くに君の唇があるんだ。甘くて美味しそうでそそられる」

「あ、甘くなんか、ありません。お、おおお、美味しくもありません」

いきなりの展開にパニックになりかける。涙目になっている広翔に、立石が「いや絶対に美味しい」なんて言った。

「じゃあやってみよう」

えっ、と驚いた顔のまま唇を重ねられていた。立石の唇はすぐには離れていかず、柔らかく広翔の唇を食《は》み、チュッと吸ってから、さらに頬にキスしてきた。チュッチチュッと音をたてて、顔中にキスをされる。

「やっぱり美味しいじゃないか」

「た、立石、さ、ちょっ、あっ、んっ」

抗議しようとすると唇をキスで塞がれる。こういうとき、相手をどう引き剥がしていいかわからなくて両手をわたわたさせた。

「君は、本当に可愛いな。わざとか？」

「なにがですかっ」

やっと立石が顔を離してくれたので広翔が顔を真っ赤にしながら怒っても、ものすごく楽しそうだ。

「俺たちはもう正式な恋人だろう。キスくらいで騒ぐな。広翔、ムードという言葉を知っているか」

「こ、恋人？　ムード？」

「知らないのか。これは教育が大変だ」

「知っています。それくらい」

「だったら、ほら、黙って」

広翔は戸惑いつつも従順に口を閉じた。立石の唇がまた重なってきて、舌がノックするように唇を突いてくる。おずおずと開くと、それは広翔の口腔《こうこう》に入ってきた。舌と舌が触れあってしまい、ひゃっと驚いて引っこめる。するとこんどは上顎を舐められて泣きそうになった。

(びくびくする。なんで？　なんで？)

上顎を舌でくすぐるように何度も何度もしつこく舐められ、そのたびに全身が震える。顔を背けようにも、いつのまにか立石の大きな手が広翔の後頭部をがっしりと摑んでいて動けなかった。びくびくがぞくぞくになって、じわじわと全身が熱くなってきた。

(口の、なか……もう、わけわかんない……)

逃げていた舌が捉えられてぬるぬると擦りあわされた。ぬるぬる、ぬるぬるされて、だんだん気持ちよくなってくる。どれくらいぬるぬるされていただろう、広翔の頭が変になった。その状態が普通になってきて、立石の舌が離れようとすると広翔は追いかけるようになってしまった。

　もう後頭部を摑まれていなくても、自分から立石の首に両腕を回してしがみつき、夢中になってディープキスをする。

「ちょっと、待て、広翔」

　立石が広翔を引き剝がしにかかった。無理やりにキスを中断されて、広翔は不満を目にこめた。

「涙目で睨むな。参ったな……」

　ため息をついた立石は、天を仰いでひとつ息をつく。キスを仕掛けてきたのは立石の方なのに、困惑した様子を見せられて広翔は悲しくなった。なにせはじめての経験なので、ほどほどのラインがわからない。どうやらやりすぎたようだ。

「……ごめんなさい……」

「どうしてここで謝る？」

「だって……立石さんを困らせたみたいだから……」

　立石の膝から下りようと動いたら、「待て待て」と止められた。

「ソレをどうするつもりだ。自分で処理するのか」

　指さされたのは股間。官能的なキスで体は興奮し、広翔は知らないあいだに勃起《ぼっき》していた。慌てて両手で押さえ、背中を丸める。

「ごめんなさいっ」

「いやだから、どうして謝るんだ。キスで感じてくれたんだろう？　俺だって勃《た》っているぞ」

立石があまりにもサラッと言うものだから、一瞬、なんのことかわからなかった。だが膝に乗っている状態だから、立石の股間あたりになにか固いものがあるのは感じられる。これはもしかして、と立石の顔をおそるおそる見てみれば、澄ました表情をしながらも耳が赤くなっていた。

(立石さんも勃起するんだ……)

あたりまえのことなのに広翔はやけに感心してしまい、まじまじと顔を見つめてしまう。

「そんなに見るな」

「でも、これ……」

感触からすると、かなりしっかり固くなっている。

「このシチュエーションで勃たなかったら男じゃないだろう。俺を煽りやがって」

「僕は、そんな、煽ったつもりはまったく……」

「だろうな。広翔は天然だから」

ああもう、と立石は片手で髪をぐしゃっとかき回した。もう片方の手は広翔の背中を抱いている。

「場所を移そう」

「えっ、あ……」

立石が広翔を抱いたまま立ち上がった。横抱きにされて隣の部屋まで運ばれる。立石は力持ちで、小柄とはいえ成人男性の広翔を軽々と抱っこして歩いた。立石がドアを行儀悪く蹴り開けた部屋は、寝室だった。

でーんとダブルサイズ——いや、それ以上か?　——のベッドが置かれている光景に、広翔はきゅっと身を縮ませた。

天井に照明器具はなく、いくつかの間接照明だけが部屋をぼんやりと照らし出している。サイドテーブルに携帯の充電器とシンプルなデザインのライトスタンドがあるだけで、ほかに無駄なものは一切ない。一方の壁に天井近くから床までカーテンがかかっていた。大きな窓があるらしい。太陽が出ている時間は明るそうだ。

広翔は広いベッドにそっと下ろされた。覆い被《かぶ》さってきた立石の目は真剣で、まっすぐに広翔を見つめている。

「今夜はこんな展開にするつもりはなかった、と言ったら信じるか？」

「そうなんですか？」

「いきなりすぎるだろう。俺はもう衝動的に突っ走る年齢じゃないし、君は、はじめてだろう？」

こくん、と広翔は頷いた。ここで嘘をついてもすぐバレる。というか、もうバレている。

「怖がらせないように、少しずつ進めていくつもりだった」

「立石さん……」

近づいてくる立石の顔から目が逸らせない。目を閉じたと同時に唇が重なって、ベッドがわずかに揺れた。広翔は立石に借りたオーバーサイズのＴシャツとスエットのパンツ姿だ。Ｔシャツの裾から立石の手が入ってきて、腹を撫でた。ただ撫でられただけなのに、またぞくぞくしてくる。

「あっ」

キスで高ぶったあと半勃ち状態のままだった股間に、布地の上から立石が触れてきた。じん、と痺れるような快感が生まれて陶然とする。他人に触れられるとこんなに気持ちいいんだ、と知った。

「いいのか？　このまま俺を許して」

「いい、いいです」

広翔だって今夜こんなふうになるなんて思っていなかった。けれど流れでそうなってしまっても後悔なんかない。むしろ、ここで終わりにされたら悲しくて朝まで泣くか、腹が立って外に飛び出すかのどちらかだろう。

「立石さん」

Ｔシャツが首元までめくり上げられ、立石が鎖骨にキスをした。ぞくぞくが止まらない。どうやら体中にスイッチがあるようで、立石がそのすべてを押しそうな勢いで広翔の肌にキスの痕《あと》をつけている。乳首に吸いつかれたときは最大のぞくぞくがきて、広翔は腰を浮かせてしまった。

「立石さんっ」

「なんだ」

いま忙しいんだ、とでも言いたげな返事に、苦笑いがこぼれる。

「好き」

言いたくてたまらないから言った。でも反応はない。

「好き、好き、すごく、好き」

黙っていると「好き」が体の中に溜まって破裂しそうだった。だから言葉にして外に出さないと。

立石は無言で広翔からＴシャツを脱がせ、スエットのパンツも足から抜いた。自分も素早く部屋着を脱ぎ捨て、ベッド下に投げている。重なってきた素肌がとんでもなく気持ちよくて、幸せで、広翔は涙ぐんだ。

「立石さぁん」

「もう黙れ」

「でも、でも……立石さんが」

「名前で呼べ」

「ナ、ナオ？」

「それはやめろ。光流じゃないんだから」

「……尚行、さん……」

やめろと言われないということはＯＫなのだろう。立石はまた無言に戻って、広翔の全身を弄《いじ》り回している。肌という肌にキスをされて、すべてのスイッチを押されて、広翔はすすり泣きながら一度目の射精をさせられた。目を閉じていても立石の視線を感じる。立石はきっと瞬《またた》きもせずに広翔がいくところを見ていた。

すべてを見られた羞恥に、広翔は「もうヤダ」と訴えたが「それは無理だ」と却下された。

「だから言っただろう、俺を許していいのかって。もう止まらんぞ」

言うなり立石は広翔の両足を大きく広げてきて、尻の奥に指を入れてきた。いつのまに用意していたのか、指はぬるぬるしたものをまとっていて、やけにすんなりと体内に入ってきてしまう。

そんなところ、自分でもめったに触ったことがない。大好きな人に、お尻の穴を弄られるなんて。

ここでしか繋がれないのだから仕方がないのかもしれないが、あんまりではないかと本気で泣きそうになった。

「尚行さぁん」

「痛いか」

「変な感じがします」

「痛くないなら続けるぞ」

ううぅと呻きながら広翔は立石の肩にしがみつき、苦行とも言える行為に耐えた。やがて指は二本に増やされ、三本になるころにはそこの感覚が麻痺《まひ》してきた。後ろを弄られながらキスをされていたから、そっちに意識が集中していたせいかもしれない。

広翔は今夜はじめて知ったが、どうやら自分はキスが好きらしい。立石となら、いつまでもキスしていたいくらいだ。

「あ、んっ」

お尻の中を弄っていた指がどこかを押した瞬間、全身がビクッとなった。びっくりして目を丸くした広翔に、立石が目を細めて笑う。

「ここか。やっと見つけた」

「あ、ヤダ、あっ」

さらにぐにぐにとおなじところを押されて、ビクビクと背筋が震えてしまう。

「気持ちいいか」

「わ、わかんな……」

「止めてほしいか」

「あ、あっ、あっ」

　お尻は三本の指ですっかり広げられ、潤滑剤でぬるぬるのべたべたにされている。体の中にあったスイッチを立て続けに押されてしまい、広翔は我慢できずにちょっとだけ射精した。全身がじんじんと疼いている感じがして、もうわけがわからなくて、広翔はぼうっと四肢を投げ出す。羞恥心はどこかへいった。

　広げた足のあいだに腰を入れている立石が、ひとつ息をついて体を起こした。ゆっくりと後ろから指が抜かれていく。

「しまった、ゴムがない」

　立石が痛恨のミス、といった感じで呻いた。広翔が視線を向けると、立石の股間には立派なものがそそり立っている。広翔ばかりを愛撫《あいぶ》して気持ちよくさせていたから、立石はまだ一度も放出していない。赤黒く脈打っているそれは、たぶん痛みを発するくらいになっているのではないだろうか。

「ゴム、ないの？」

「買ってくるのを忘れた。ジェルは買ったのに。俺はバカか」

　がっくりと項垂れている立石がかわいそうで、広翔は手を伸ばした。股間の屹立《きつりつ》に触れる。凶暴な姿と色をしているのに、くん、と頭を振って反応するところが可愛い。

「いいよ、なくても。このまま――」

「ゴムがないと俺は中出ししそうだ。広翔相手に、寸前で抜く自信はない」

そういうものなのか。広翔はだれかを抱いた経験がないからわからない。けれど中出しという行為を想像して、ドキドキしてしまった。好きな人の精を体の中で受け止めるのだ。それって、ひとつになった証《あかし》ではないだろうか。

「な、中に、出してもいいよ」

「いや、それは……」

なにかを言いかけたまま立石がしばし静止する。おもむろに覆い被さってきて、チュッと重ねるだけのキスをしてきた。

「君の中に出してもいいのか」

「うん。出して」

「そうか。じゃあ、中出しの責任を取らなければならない。終わったあと、俺が始末してあげよう」

「ん？」

始末って、なにを？　疑問が浮かんだが、立石が仕切り直しとばかりにディープなキスをしてきたのでなにも聞けなくなった。すぐに舌の動きに陶然となり、広翔は両足で立石の腰を挟む。そういう体勢になるように仕向けられていることに気付けるわけもなく。

「んっ……」

後ろに熱くて大きなものがぐっとあてがわれた。立石の性器だとわかったときには、もう先端が半分くらい入っていた。激痛というほどの痛みはない。けれど指三本よりも広げられて、さらにもっと奥まで挿入されて、苦しさに喘いだ。

「痛いか？」

また立石が聞いてきた。もうまともに受け答えができなくて、広翔は首を横に振った。痛くないけど苦しい。入ってくる立石のそれが熱い。細心の注意をはらってゆっくりと挿入してくれていることはわかるし、望んだのは自分だから一言も文句を口にしたくなかった。

けれど限界まで粘膜を広げられることが怖くて、意志に反して余計なことを言ってしまいそうだ。

口を塞いでほしくてキスをねだった。すぐに立石はくちづけてくれる。広翔はホッとして舌を絡めた。意識が分散されて、恐れが半減した。広翔は立石の背中に腕をまわしてしがみつく。その剝き出しの背中が汗で濡れていた。室内は空調が効いているのに。もちろん広翔もいつのまにか汗だくだ。

立石は経験豊富のはずだが、広翔とおなじかそれ以上に汗をかいている。それほど懸命に、広翔に気を遣いながら、欲望をコントロールしてくれているのだ。

嬉しくて、立石への愛しさがどっと胸に溢れた。なにをされてもいい、立石にならすべてを捧げたい、なんでもして――そんな心境になったと同時に、たぶん体の緊張が一気に消えた。立石の屹立が根元まで挿入され、上になっている彼から安堵の気配が伝わってきた。

「動くぞ」

宣言のあと、小刻みな動きが広翔を優しく揺すった。体内のスイッチを巧みに擦られて、広翔はキスどころではなくなる。

「ああっ、あん、やだぁ」

「なにがイヤだ？　感じすぎるか？」

「こわ、こわいっ」

激しく喘ぎ、身悶えて、立石に助けを求めた。

「やだ、やだ、そこやだ、こわい、こわいからっ」

感じすぎて涙が溢れる。挿入までに二度も達していた広翔の性器は、緩く勃ち上がったままだらだらと白濁した体液を垂らし続けた。それを立石に握られて擦られると、漏らしてしまいそうなほどの快楽に惑乱する。

「あーっ、あっ、やっ、あーっ」

がくがくと全身が痙攣《けいれん》したように震えた。なにかが性器から吹き出したような気がしたが、半ば意識が飛んでいたので覚えていない。

「お尻が、変になっちゃう、立、石さ、きもち、よくて、変になるっ」

「くっ」

耳元で立石が呻いた。チッと舌打ちが聞こえたのは気のせいか。

「広翔、可愛いこと言うな。それに、立石じゃなくて尚行だろうが」

「尚、行さぁん」

「はいはい、もうちょっと耐えてくれ」

腰を抱えるように逞しい腕で固定され、さらに奥まで押し入られた。広翔はもう声もなく、ただのけ反って激しすぎる快楽に飲みこまれる。最奥に熱い迸《ほとばし》りをまき散らされたときには、疲れ果てて指

一本動かせなくなっていた。

たぶん広翔はしばらく失神状態になっていた。気が付いたときには立石に抱っこされてバスルームにいた。目覚めてすぐに驚愕のあまり悲鳴を上げそうになった。あろうことかお尻の穴をシャワーで洗われていたのだ。

口を立石の手で塞がれて、「夜中だ。大声は勘弁してくれ」と囁かれ、冷静になれた。つまり、立石は中出しの責任を取って、広翔の中を洗ってくれているわけだ。これが「始末」なのだろう。

理解できたが、行為じたいはとんでもないことだ。広翔は立石の手からシャワーヘッドを奪い取って自分でやろうとしたが、はじめてのセックスの後遺症か、手足が思うように動いてくれない。関節と筋肉がギシギシと音をたてて軋《きし》みを上げている感じだ。

「おとなしくしていてくれ。こんなところで騒いでいたら光流が起きてしまう」

二人で風呂に入っているところを光流に見られたら――と想像しただけで羞恥で死ねる。光流がなにも思わなくても死ねる。光流が無邪気にだれかにしゃべってしまうかもしれないし。

結局、広翔は恥ずかしさを堪えて立石に洗われた。さらにぐったり疲れたのは言うまでもない。

広翔は立石に大判のバスタオルでくるまれた。バスローブを羽織った立石に抱っこされて、寝室に戻される。今夜はここで寝ることになるらしい。こんなことがあったあと、ひとりで客間に寝るのは寂しすぎるので、それはそれで構わない。

ベッドのシーツが取り替えられ、そこにバスタオルごと横たわって安堵の息をついていると、「念のために薬を塗っておこうか」と立石が細いチューブを取り出したのでびっくりした。痔《じ》の薬だった。

必要ない、念のためだ、塗るなら自分で塗る、いやこっちの責任だから俺がやる、という押し問答がたっぷり五分は繰り広げられ、広翔は根負けした。恥ずかしさを堪えて薬を塗ってもらい、半泣きで「もう寝たい」と立石に訴えた。

バスローブを脱いだ立石が全裸で広翔の横に入ってきた。バスタオルを奪われて、全裸にされる。抱き寄せられたら素肌と素肌の触れあいが心地よくて、さらに手触りが抜群の綿毛布に二人でくるまって、ここは天国かと思った。

「おやすみ」

額にチュッとキスをされ、広翔は微笑みながら目を閉じた。

◇

朝、気持ちよく目覚めた尚行は、自分の横ですやすやと寝息をたてている恋人をじっと見つめていた。口元に幸せそうな微笑を浮かべ、広翔はあどけない寝顔を晒《さら》している。昨夜はあんなにも妖艶で、壮絶なほど尚行の欲望を駆り立ててやまなかったのに。

昨夜のことを思い出すと朝勃ちが本気勃ちになってしまいそうなので、立石はほどほどのところでやめた。サイドテーブルに手を伸ばして携帯電話を見る。もう起きなくてはならない時刻だ。もっと恋人の寝姿を眺めていたいが、今日は平日。仕事がある。広翔も大学があるだろう。かわいそうだが起こさなければならない。

だが昨夜ははじめての広翔にずいぶんと無理をさせてしまったので、五分でも長く寝かせてあげたい。尚行はとりあえず朝食の支度をしようと、ベッドを下りた。脱ぎ捨ててあったバスローブを羽織り、寝室を出る。その格好のままキッチンへ行き、まずコーヒーメーカーのスイッチを入れた。

フライパンで目玉焼きを作りながら、冷凍庫からスープのストックを出して電子レンジで温める。毎朝のことなのでなにも考えなくとも体が動いた。

そうこうしているうちに光流が起きてきた。まだパジャマのままだ。

「ナオ、おはよう」

「おはよう、光流。顔を洗っておいで」

「はーい」

聞き分けよく洗面所へ行った。戻ってきたときにはしゃっきりした顔つきになっていて、リビングダイニングをきょろきょろと見回している。

「ヒロトくんは？　もうかえっちゃったの？」

「いや、まだ寝ている」

「ぼく、おこしてくるーっ」

光流は客間へ走っていった。そっちにはいないぞ、と声をかける間もない。すぐに戻ってきた光流は、怒った顔をしていた。

「ヒロトくん、いなかったよ。ナオのうそつき」

「客間では寝なかったんだ。広翔は俺の寝室にいる」

「えっ、そうなの？　ヒロトとナオ、いっしょにねたの？　ズルくない？」

「……そうだな、ズルかったかもしれない。今度、広翔がここに泊まってくれるときは、光流といっしょに寝てくれるように頼んでみよう」

「ぜったいだよ」

「絶対だ」

光流はカウンター越しに指切りを迫ってきた。針千本なんて飲みたくないので、広翔に本当に頼まなければならない。たぶん二つ返事でＯＫしてくれるだろうが。

「じゃあ、おこしてくるーっ」

またもや止める間もなく光流が走っていく。尚行の寝室に勢いよく入っていってしまった。またすぐに光流は戻ってきて、満面の笑みを見せた。

「ヒロトくん、いたよ。ナオのベッドにいた」

「そうか」

「でもなんで、はだかでねてるの？　あつかったのかな？」

「……俺の部屋だけ、昨日の夜は暑かったんだ。エアコンの調子が悪かったみたいだな」

「へぇ、そうだったんだ」

「広翔は起きたか？」

「うん、おようふくをきてからくるって」

それはそうだろう。尚行は笑いを噛み殺しながら、光流に着替えてくるように言った。自分も着替えようと、寝室に行く。

「おはよう、広翔」

ベッドサイドでもたもたと昨夜のTシャツを着ていた広翔が振り返る。顔が赤かった。

「光流くんに裸でいるところを見られてしまいました。ここに入ってこないように引き留めてくださいよ。それか、僕を先に起こしてほしかったです」

「悪かった。君を少しでも寝かせておいてあげたくて、起こすのを躊躇った」

抱き寄せて頬にキスをする。照れくさそうに目を伏せる風情が可愛い。

「体調はどうだ。どこか痛いところは？」

具体的にどことは言わなくともわかるだろう。

「……全身が筋肉痛みたいな感じです」

「それから？」

「…………」

「正直に」

「ひりひりして、ちょっと痛いです……」

「見せてみろ」

「イヤです」

断られるのは想定内だ。サイドテーブルに置いたままだったチューブを手に取った。

「腫れているようなら薬をもう一度塗った方がいい」

「自分でやります」

広翔にチューブをむしり取られてしまった。力の差があるから強引に押さえつけて目的を達成することは難しくないが、広翔の機嫌を損ねたくない。それにせっかく深い仲になれたのに、余韻たっぷりの後朝《きぬぎぬ》にケンカをしたくなかった。

「薬を塗るのでひとりにしてください」

「見たいと言ったら——」

「ダメに決まっていますっ」

広翔の目がつり上がったので立石は退散することにした。ウォークインクローゼットからワイシャツとスラックスだけ取ってきて、寝室を先に出る。まさか自宅にいながらリビングで着替える日が来ようとは。

人数分のハムエッグをダイニングテーブルに並べ、パンをトースターに入れたところで広翔が寝室から出てきた。歩き方がぎこちない。これは、大学へ行くのは無理かもしれない。

「広翔、君はコーヒーを飲まない方がいいな。ミルクを温めよう」

コーヒーは刺激物だ。体にダメージを負った状態のときは避けるべきだろう。広翔は無言で椅子に座る。おそるおそるといった感じで腰を下ろした。

幼稚園の制服に着替えてきた光流が加わり、三人でテーブルを囲んでの楽しい朝食タイムとなった。

「ナオといっしょにねてたんだよね。つぎはぼくとねるんだよ、ヒロトくん」

真剣に話している光流に、広翔は苦笑いしながら「わかった」と頷いている。

この分だと二度目のセックスはいつになるかわからない。できればそれほど間を空けずに、恋人になったばかりの広翔を堪能したいところだ。

広翔は感度がいい方だろう。はじめての挿入であれだけ感じてくれたのは、嬉しい驚きだった。気持ちがぴったりとひとつになっていたからかもしれない。

あらかた食べ終わったところで、ピンポーンとインターホンが鳴った。てっきり菱田が迎えにきたのかと思ったら、なんとモニターにうつっていたのは歌織だった。エントランスではなく玄関前まで来ている。というのも、歌織の自宅はこのマンション内にあるからだ。

『兄さーん、おはよう。開けてくれる？』

「ママの声？」

光流が反応して飛び降りるようにして椅子から下りた。一目散に玄関へと駆けていく。尚行もあとを追った。光流が玄関を解錠すると、ガバッと扉が開く。漆黒のロングヘア、黒いサングラスで顔の半分を隠した痩身の女が躊躇なく入ってくる。

「ママ！」

「光流！」

白いロングスカートがたたきにつくのも構わずに歌織はしゃがみこみ、光流を抱きしめる。光流も力いっぱい歌織に抱きついた。

いきなりはじまった母子の感動の再会シーンを黙って見ていた尚行だが、しばしの間を置いて、「おい」と声をかけた。

「いつ帰国したんだ。俺は連絡を受けていないぞ」

顔を上げた歌織はサングラスを外して胸に引っかけ、サンダルを蹴り脱いだ。よいしょと光流を抱き上げる。「重くなったね、光流」と笑いながら、息子の頬にキスをした。

「菱田から昨日の顚末を聞いてすぐ、朝一番の飛行機のチケットを取ったのよ。韓国《かんこく》にいたの。どうしても昨日のうちには帰ってこられなくて、今朝、飛んで帰ってきた」

「それならそうと知らせろ。驚くだろ」

「うーん、それはそうなんだけど、菱田から兄さんのことも聞いていたから、私なりに気を遣ったつもりなんだけど？」

「なんのことだ」

ふふふ、と意味深に笑い、歌織は勝手知ったるナントカでずかずかと奥へと入っていく。ダイニングテーブルの上を片付けてくれていた広翔を見つけた。

「はじめまして、光流のママです」

「は、はじめまして」

引き気味に広翔が会釈する。

「ヒロトくんだよ」

光流がなぜか自慢げに紹介した。歌織はにこにこと笑いながら広翔に歩み寄る。尚行は危険を察知して二人のあいだに入ろうとしたが、ぐいっとばかりに歌織に押しのけられた。

「話に聞いていた通りね。可愛い。音大生なんですって？」

「あ、はい」

「何歳？」

「二十一です」

「若いわぁ」

歌織は若く見えても、もう三十歳だ。尚行は三十五歳。自分たち兄妹《きょうだい》からしたら、たしかに若い。

広翔が困惑しているのも構わず、歌織は無遠慮にじろじろと全身を眺めている。

「いやだ、それって兄さんの部屋着でしょ。所有欲丸出しね。いい年して恥ずかしくないの」

「変なことを言うな。突発的な泊まりだったから着替えの用意がなかっただけだ」

「兄さんより一回り以上も年下じゃない。いったいどんな手を使って誑《たぶら》かしたの」

「誑かしたわけじゃない」

「ねえ、ヒロトくん」

歌織は光流とおなじ口調で広翔を呼び、意地悪な目つきになる。

「この男、わりと下半身がだらしないのよ。来る者拒まず去る者追わずを地でいっていたんだから。あんまりのめりこまない方がいいかもよ。そのうち後悔することになっちゃうから」

とんでもない忠告をしてくれた。尚行がムッとして言い返そうとしたら、先に広翔が「別にいいです」と突き返すように言った。

「後悔することになってもいいです。僕はいま、この人のことが好きだから、自分に正直に生きたい。尚行さんがモテることはわかっています。でも、関係が壊れてしまう先のことを考えて、いま諦めたくないです。僕は誑かされたわけではありません。僕は僕なりに、ちゃんと考えて尚行さんと付き合っていこうって思ったんですから」

堂々と言い切ってから、広翔はぶわっと顔を赤くした。カウンターの向こうにしゃがみこんで隠れてしまう。覗きこむと、恥ずかしがって身悶えている。

なんて可愛いいきものだろうか。大切にしていきたいと、心から思う。

「よかったじゃない。いい子そうで。私に言い返すなんて、根性あるわ」

ニヤニヤといやらしい笑みを浮かべながら歌織に脇腹を突かれた。

「さて、光流」

抱っこしたままだった光流を床に下ろし、歌織はリーダーのように命じた。

「ママは一週間の休みを取った。よって一週間ずっと光流といっしょにいることにする。光流は幼稚園を休み、ママの遊びに付き合うこと。ＯＫ？」

目を丸くして驚いていた光流の顔が、意味を理解するにしたがってキラキラと輝いた。

「オーケーだよ、ママ！」

「光流ーっ」

また母子は抱きあい、互いにデレデレしあいはじめた。尚行はため息ひとつで光流のスケジュール変更を受け止め、カウンターの隅に置いてあった携帯電話を取る。

「ママ、なにして遊ぶの？」

「まずは、定番のテーマパークに行こう」

キャーッと歓喜の声を上げる光流を横目に、尚行は幼稚園に電話をかけ、一週間休むことを伝えた。

「とりあえず、我が家に移動しようか。荷物をまとめておいで」

「はーい」

光流が自分の部屋へと駆けていくのを見送り、尚行は歌織に声をかけた。

「おい、光流の父親のことも菱田から聞いたか？」

「聞いたわよ。たしかに光流をあいつに会わせていなかったのは私が悪いわ。三歳まで光流を育てたのは、あの男なのにね。光流がパパを恋しがるのは当然よ。ちゃんと連絡を取って、面会のスケジュールを立ててるわ」

「そうしてくれ」

光流は幼稚園の制服から普段着に替え、こっちに持ちこんでいたお気に入りの絵本やオモチャをリュックサックに詰めて部屋から出てきた。

「ヒロトくん、またねー」

あれだけ執着を見せていた広翔にあっさりと別れを告げ、歌織と手を繋いで出て行った。

二人きりになり、嵐のあとのような静けさに、思わず顔を見合わせる。

「騒がしくして、すまなかったな」

「いえ……歌織さんって、きれいな人ですね」

「ああ、まあな。芸能人というやつだから」

いきなり光流のいない生活になってしまった。尚行はソファに腰を下ろし、いったん落ち着く。

歌織は一週間の休みを作ったようだが、その後はどうするのだろうか。しばらく日本に滞在するなら、光流は歌織の部屋で寝起きすることになる。幼稚園の送迎が無理そうな日だけ、尚行が代わって行くことになるのなら、菱田を交えて予定を立てなければ。

そんなことを考えていたら、尚行の横に広翔がそっと座った。

「あの、さっき携帯を見たら、大学から連絡が来ていて、今日の午前中の講義が休みになりました」

「そうか。じゃあどうする？　俺は君を自宅まで送り届けてから出社しようと思っていたが、急いで帰らなくていいのなら、ここで体を休めているか？」

「ここにいてもいいんですか」

「いいに決まっている」

尚行は「ちょっと待っていてくれ」と言い置いて、書斎へ行った。デスクの引き出しからスペアキーを取り出し、メモ用紙とペンを持ってリビングに戻る。

「ここの鍵だ。あと、暗証番号はこれ。出かけるときに施錠していってくれ。鍵は返さなくていい」

「僕が持っていてもいいんですか？」

「君以外のだれが持つというんだ」

肩に腕を回して抱き寄せると、広翔の体がすんなりと胸に倒れてきた。大切そうに鍵を両手で握った広翔は、柔らかな笑顔を向けてくれる。可愛いな、と心の中で百回くらいくりかえしながら額にキスをした。

「広翔、歌織が光流の面倒を見ているあいだに、二人で家具を見にいこう。もうリフォームの工事が終わりそうだ。いつでもピアノの練習に行けるようになるぞ」

「本当ですか。楽しみです」

「あっちの部屋の鍵も、君に渡すよ」

「ありがとうございます」

うふふあははと二人でイチャついていたら、菱田がやってきた。仕方がない。仕事だ。

ネクタイを締め、スーツの上着を着て玄関に行くと、広翔が「行ってらっしゃい」と見送りに立ってくれた。優しい笑顔で靴べらを手渡してくれるものだから、尚行は喉元まで「仕事になんか行きたくない」という言葉がせり上がってきて本気で辛かった。

それでも広翔に醜態を晒したくないから、颯爽と玄関を出た。菱田と二人、無言でエレベーターに乗る。地下駐車場へと下降していく箱とともに、尚行の機嫌も下降の一途をたどった。

「ああくそ、休みたいな！」

「ダメですよ」

「広翔とイチャイチャしたい！」

「昨夜は本懐を遂げたんですか」

「したよ。最高だったよ」

「よかったですね。彼の若いエキスでずいぶんと元気になったんじゃないですか。キリキリと働いてください」

菱田のそっけない態度にムッとしながらも、尚行は自分が背負った責任と義務を忘れてはいない。

「広翔のためにもキリキリと働くさ」
「そうしてください」

いつもの送迎車に乗りこみ、なんとなく上着のポケットに手を入れた。指先になにかが触れる。紙だ。引っ張り出したそれは、広翔の横顔をうつした写真だった。隠し撮りの、寂しげな表情の横顔。あのときに着ていたスーツを、今日も着たようだ。この写真を手にしたときは、まさか数カ月後にこんなことになっているとは思ってもいなかった。ただ、気になった。気になってたまらなくて、会ってみたいと、衝動的に動いたのだ。それは正解だった。

尚行は広翔の写真をポケットに戻した。今日は一日いっしょに仕事をする気分で過ごそう、と思いながら。

◇

歌織が帰国してから、光流とはあまり会えなくなった。当分のあいだは日本を拠点に仕事をするらしく、立石が光流を預かる機会がぐっと減ったのだ。ちょっと寂しいが、立石と二人でデートするのは楽しくて、ピアノを置いたマンションの部屋が居心地よく整っていくのも嬉しかった。

土日はたいていピアノを弾くために例のマンションへ行く。とくに待ち合わせをしていなくとも、そのうち立石も来てくれて、部屋の掃除をしたりランチを作ってくれたりする。立石が作る料理はいつもとても美味しくて、広翔は最近すこし太った。

「君はもっと太ってもいい。あと五キロ」

「僕、筋肉がつかない体質なんです。五キロも増えたらぷよぷよになっちゃいます」

「広翔がぷよぷよか……。さぞかし抱き心地がいいだろうな」

「変なこと言わないでくださいっ」

昼間から立石が意味深に笑うから、広翔は性的な行為を想像してしまって顔を赤くした。

はじめての夜から一カ月。季節は梅雨を終え、夏まっ盛りだ。

マンション内はエアコンが効いていて適温に保たれているが、激しい運動をすれば当然汗をかく。この部屋でも何度か親密な行為をした。

広翔は立石にキスをされると、すぐにとろとろに蕩《とろ》けてしまうからいけない。しかも体中のスイッチを知られてしまったから、立石はその気になったら広翔をいつでも抱けてしまう。こっちはそんなつもりがなくても、結局は喘がされてしまうのだ。

そうなることが二人とも予想できていたので、こちらのマンションにベッドはまだ置いていない。そんなものがあったらレッスンする時間がなくなってしまうだろう。ソファで軽く触れあうだけで、いまは満ち足りていた。

美味しいランチを食べたあとは、二人で仲良く後片付けタイムだ。広翔は立石の手伝いをするうちに、すこしずつだが炊事のスキルアップをしていた。食器を割ることが少なくなった。

「そういえば、広翔」

食器を片付け終わり、コーヒーを淹れながら立石が視線を寄越してきた。

「毎週のように週末はここで過ごしているだろう。お祖父さんはなにか言わないのか？」

「祖父にはピアノを貸してくれる人が見つかったと言ってあります。だから練習させてもらっているって。その人に謝礼は渡さなくていいのかって気にしてはいますけど、それ以外はとくになにも」

「そうか」

立石は淹れたてのコーヒーを飲みながら、なにやら考えこんでいる。

祖父の動向が気になるのだろうか。立ち退きの話が進んでいるのかどうか、広翔は知らない。ただ祖父が倒れたことは、立石を通じて花角不動産に知られている。このまま廃業するのはたしかなので、どうなるのだろうか。

祖父の病状じたいは悪くなく、いまのところ落ち着いている。だから広翔も家を空けられるわけだが。

「広翔、ここのところずっと考えていたんだが、一度、お祖父さんに会わせてもらえないだろうか」

えっ、と広翔は固まった。マグカップを持つ手が震えそうになり、慌ててテーブルに戻した。

立石は真剣な顔をしている。冗談ではないらしい。そもそもこんな冗談を言う人ではない。

「本気ですか？」

「本気だ。挨拶したい」

「それはつまり、プライベートで僕と親交があるっていうかたちでの、挨拶ですよね？」

「カミングアウトするかどうかは別として、光流を交えて親交があり、いまこうしてピアノレッスンをする場所を提供しているのは俺だと知らせた方が、いいと思う。あとで、なにがきっかけでお祖父さんの耳に入るかわからないだろう。そうなると意図的に隠していたことになる。それはやっぱりマズいんじゃないか？」

立石が二人の仲を真剣に考えてくれているのが伝わってきて、広翔もその点についてよく考えなければと思った。

「君との付き合いは商店街の再開発とは無関係なこと、変に誤解されたくないから正直に打ち明けること、この二点を強調して、お祖父さんに説明したい。お祖父さんが俺を受け入れてくれるかどうかはわからないが、黙っておくことの方が心証が悪くなると思う」

「そうですね……。でも、もし祖父が尚行さんを拒絶して、レッスン場の提供なんてやめてほしいと言ったら……どうしましょうか」

茂則がどこまで柔軟に受け止めてくれるのか予想できない。昔気質《かたぎ》の頑固なところもあれば、たったひとりの孫が堅実とは言えない進路を選んだことを応援してくれるところもある。広翔が仲良くしている相手が、花角不動産の社長だと知って、どう思うだろうか。

せめて大学卒業までの一年半のあいだは秘密にしておいて、波風を立てないほうが平和でいいのではないかと消極的なことを考えてしまう。けれど立石が危惧するように、どこから秘密が漏れるかわからない。自分たちの口からではなく、第三者からこの事実を知らされた場合、祖父は激怒するだろう。まさに、疚《やま》しいことがあるから黙っていたのかと解釈されて。

「広翔、カミングアウトするわけじゃない。まずは親交があることを報告するだけだ」

手を握られて、すっかり緊張のあまり冷えていたことに気付く。ほんのすこし想像しただけで怖くなってしまった。広翔はとにかく、立石に会えなくなることだけが恐ろしい。

「俺としてはいつでもカミングアウトする覚悟はある。君の将来に責任を持ちたいくらいだ。しかしお祖父さんは心臓を悪くしているわけだし、あまりショックを与えてもどうかと思う」

「そうか……そうですね……」

「お祖父さんに勘当されたら俺のところにおいで。この部屋にベッドを入れて、住めるようにしてもいい」

「ありがとう、尚行さん。そう言ってもらえると、心強いです」

避難先があるとわかっていることは、大きな安心だ。

できれば祖父とは仲良くしていきたいが、いつかは立石のことを話さなければならない。とりあえずは親交があることを打ち明ける。広翔も覚悟を決めなければならないときが来たのだ。

そんな話をした翌週の日曜日、広翔はマンションでピアノのレッスンをしたあと、立石の車で自宅まで送ってもらった。いつもは商店街から離れた場所で車を降りるのだが、その日はかなり近い場所のコインパーキングに車を置き、立石と連れだって家に帰った。

緊張しながら住居部分の玄関から中に入る。

「ただいま」

奥に声をかけると、居間のあたりから「おかえり」と祖父の声が返ってくる。立石と目で頷きあい、靴を脱ぐ。広翔が居間に行くと、茂則は座椅子に座ってのんびりとテレビを見ていた。日曜日の夕方は競馬かゴルフか野球の中継くらいしか放送していない。野球のデイゲームを眺めていた祖父は、広翔を振り返り、その背後に立つ長身の男に気付いた。

「なんだ、客を連れてきたのか？」

「お祖父ちゃん、話があるんだ」

「なんだ、あらたまって」

不審げな茂則の前に、広翔は正座した。その横に、立石も座る。今日の立石はビジネススタイルではないが、ポロシャツの上にジャケットを羽織っていた。Tシャツ姿ではラフすぎるがスーツでは仕事のように見えるのでは、と二人で相談した結果だ。

「はじめまして、井澄さん。立石尚行といいます。三カ月ほどまえから、広翔さんと親しくさせてもらっています」

礼儀正しく挨拶した立石を、茂則はまじまじと見つめる。首を傾げ、ハッと目を見開いた。

「立石って、あんた、花角不動産の社長か」

「そうです。こちらの商店街の皆様にはお世話になっております」

頭を下げた立石に困惑のまなざしを注ぎ、祖父は広翔に「どういうことだ」と説明を求めてきた。

「この人が、光流くんの伯父さんなんだよ」

「あの行方不明になった幼稚園児の？」

「その節は、ご協力ありがとうございました。お礼が遅れてしまい、申し訳ありません」

「じゃあ、公園で知り合った、犬と子供を連れた男っていうのは、あんたのことだったのか」

「そうです」

しばし愕然として動かなくなった茂則だが、じわじわと眉間に皺を寄せていった。

「つまりなんだ、あんたはオレの孫と知ってて広翔に近づき、取り入ろうと画策したってわけか。それがまんまと成功して、ここまで入りこんできたと、そういうことか」

「一部だけ当たっています」

立石は正直に広翔との出会いから今日までのことを、祖父に話した。もちろん恋愛風味は完全に除去している。ピアノのレッスン場も提供してもらっていると聞くと、茂則はため息をついた。

「広翔、そういうことはもっと早く教えてくれ。おまえはこの社長にとんでもなく世話になっているじゃないか」

「ごめんなさい……」

「ピアノの練習が思うようにできなくて困っていることは知っていたが、まさか花角不動産の社長に便宜をはかってもらっていたとは――」

憂うつそうなため息をついた茂則は、座椅子から下りて床に正座し、立石に向かって両手をついて頭を下げた。

「孫の広翔がお世話になっています。しかしこれは、社長の純粋な好意と受け止めていいのでしょうか。うちが立ち退き要請を拒んでいるから、今後の交渉を円滑に進めるためではないですか？」

「井澄さん、そうした誤解を抱かれるのを避けるために、こうして正面から挨拶に来ました。さっき出会いの経緯を話したように、最初は意図的でした。けれど自分は広翔くんの人柄に好感を抱き、困っていることがあったら助けてあげたいと思ったんです。自分が広翔くんの支援をするのは、ビジネスとはまったく関係ありません」

立石が男らしくきっぱりと言い切ってくれる。カッコいいなぁ、と広翔はつい見惚れた。茂則はカリカリと指先で頭を掻《か》き、「うーむ…」と小さく唸る。

「広翔からオレの体調は聞いているでしょうね。もう年も年だし、たぶんこのまま廃業になる。立ち退き交渉の座につくかどうか、ここのところずっと考えている状況だ。社長にその気がなくとも、こっちは孫を盾に取られたら応じるしかなくなる」

「お祖父ちゃん、本当に僕のことは立ち退き問題とは関係ないから、無理しないで。ここから動きたくないと思っているなら、そうしてよ。尚行さんはとってもいい人なんだ。公私混同はしないって言ってくれている。お祖父ちゃんが立ち退かなかったからといって、ピアノを使えなくすることは絶対にないよ。そうでしょ？」

広翔が立石に同意を求めると、深く頷いてくれる。

「今日は完全なプライベートで訪問させてもらっています。そもそも会社の業務に関して、現場のことは担当者に任せているので、自分は基本的にタッチしません。広翔くんに近づいたのは、単に興味を引かれたからで」

「ほう、興味ね」

茂則の目が眇《すが》められた。広翔はドキッとして横目で立石を窺う。立石はかすかに「しまった」という表情をしていた。

「あんた、嘘はついていないようだが、隠していることはあるだろう」

「いえ、そんな……」

「広翔も、オレに言っていない隠し事があるな？」

確信めいた口調で迫ってこられて、広翔は狼狽《うろた》えた。もともと嘘はつけないし演技も下手だ。図星をつかれて視線を泳がせてしまうくらいには正直だった。

「光流くんのお母さんはモデルで芸能人なんだよ」

苦し紛れにそんなことを言ってみたが、「それで？」と冷静に返されてしまう。

「えっと、スタンダードプードルのレイコはすごく頭がよくて、光流くんがいなくなったとき匂いをたどって見つけてくれたんだ。警察犬の訓練を受けているんだって」

「それは聞いた」

「う……その……」

ぎこちない笑顔のまま固まった広翔を一瞥《いちべつ》し、茂則が立石に「なにか言うことがあるだろう」と厳しい目を向ける。いきなり立石が両手を床につけた。

「一カ月ほど前から、広翔君と真剣にお付き合いさせてもらっています」

ガバッと勢いよく頭を下げる。唖然とした広翔だが、すぐにそれに倣《なら》った。茂則に土下座する。

「お、お祖父ちゃん、黙っていてごめんなさい。僕、尚行さんと付き合っています」

祖父の反応が怖くて頭を上げることができない。床に額がつくくらい下げたまま、ぎゅっと目を閉じた。なにバカなことを言っているんだ、と罵声が飛んできたら泣いてしまうかもしれない。祖父に嫌われたくない。けれど昭和十八年生まれの茂則が、ＬＧＢＴ《エルジービーティー》を理解できるとは思えなかった。そうした話題が二人のあいだに上ったこともない。

だからといって立石と別れることなんて考えられなかった。

茂則がおおきなため息をつく。「やっぱりそうか」と呟きが聞こえ、息が止まるかと思った。

「やっぱりって……？」

おそるおそる顔を上げると、茂則が苦笑いを浮かべていた。その顔に怒気はないように見える。

「おまえが男を好きなことくらい、オレは気が付いていたよ」

えっ、と絶句してしまう。広翔の横で立石も頭を上げ、二人で顔を見合わせた。

「といっても、最初に気付いたのは、俊則《としのり》だけどな」

「お父さん？」

俊則とは亡くなった父のことだ。父が気付いていたとは、まったく知らなかった。というか、両親が生きていたころ、広翔はまだ自分のセクシャリティを曖昧《あいまい》なままにしていた。ハッキリさせるのが怖かったからだ。

「小学生のころ、通っていたピアノ教室の先生にのぼせ上がっていたそうじゃないか。音大の男子学生。その後、中学生のころに女と付き合ったらしいが、友達感覚みたいだと俊則は言っていたな」

そんなことまで知られていたなんて。驚きと同時に猛烈な恥ずかしさに襲われ、広翔は両手で頭を抱えた。

「テレビをいっしょに見ながら雑談していても、おまえはどこそこの俳優がカッコいいだとか、あんなふうに逞しくなりたいだとかばかりで、女優については一言もコメントしない。ああ、こりゃ俊則の言う通りなんだなと思ったよ」

「……ごめんなさい……」

「謝ることはない。おまえはなにも悪いことをしていないだろう」

口先だけのことではなく、祖父は本心からそう言ってくれているようだった。穏やかな笑顔になっている。

「おまえたち、オレが半世紀以上も客商売をしていたってこと、忘れてないか？　店なんてやっていたらな、いろいろな人が客としてやってくるんだ。客をいちいち選んでいたら商売にならないだろ」

そう言われてみればそうだが、客と身内をおなじようには受け止められない人がほとんどではないだろうか。

「井澄さん、広翔くんとの本当の関係を隠していてすみません。ですが、今日はそこまで話さないでおこうと二人で相談した結果、決めたことでした。井澄さんは心臓を悪くされているので、いきなりショッキングな話をするのはどうかと思いまして」

「うん、まあ、そうなんだろうな。でも大丈夫だ。うちの孫はやっぱりそうだったんだな、と確認できた。相手があんたなのは、ちょっと不服だが」

茂則の渋い顔に、立石が笑いかける。

「不服ですか」

「もっと普通の男じゃダメだったのか、広翔。こいつがどれほどの資産家か、知っているか？　面倒に巻きこまれかねないぞ」

「尚行さんが好きなんだ」

羞恥を堪えて、広翔は言い切った。ここは言わなければならない場面だと思って。

「僕は大企業の社長さんだからこの人を好きになったわけじゃない。光流くんを包みこむように愛して、レイコを可愛がって、家事が得意で優しい尚行さんを好きになったんだ。この先、お祖父ちゃんが心配するようなことがあるかもしれないけど、二人で乗り越えていきたい」

「そうです。井澄さんに比べたら自分はまだまだ若輩者ですが、頼りになる友人や家族がいます。困難にぶち当たったとき、二人で力を合わせ、ときには周囲の助けも借りながら解決していけたらいいと思っています」

あらためて立石が頭を下げたので、広翔もおなじように下げた。

「ああもう、二人とも顔を上げろ。わざわざオレの許可なんか取らずとも、二人とも大人なんだから好きにすればいいじゃないか」

「そういうわけにはいかないよ」

広翔は膝を進めて茂則に近づいた。皺《しわ》だらけの手を取り、ぎゅっと握る。

「お祖父ちゃんは僕の大切な家族じゃない。お父さんとお母さんが死んじゃって、僕にとってはお祖父ちゃんが唯一の心の拠《よ》り所だった。ひとりになってみてはじめて、僕はものすごい寂しがり屋だったって知ったんだよ。あのとき、お祖父ちゃんがいっしょに住もうって言ってくれなかったら、どうなっていたか……」

あのときの絶望的な孤独感は忘れられない。祖父の温かさに生かされ、広翔はいまここでこうして

元気にしていられる。いくら感謝してもし足りない。広翔は茂則に救われたのだ。

「オレの方こそ、おまえがここに来てくれて、どれほど嬉しかったか。毎日が楽しかった。おまえの不器用な家事を眺めるのもオレの娯楽だった」

「それ、ちょっとひどい」

「おまえが男を好きでも、大切な孫には変わりないんだ」

泣くまいとしても、涙が溢れてきた。握りしめた手に、涙がほとほとと落ちた。

「泣くな、みっともない」

「ごめんなさいぃぃ」

立石が横からそっとティッシュを差し出してくれる。それで涙と鼻水を拭いたが、抱えていた秘密が秘密でなくなったことと、祖父に許された安堵で、しばらく涙が止まらなかった。


蕎麦屋の二階に、広翔の部屋がある。六畳の和室にカーペットを敷き、シングルベッドを置いていた。窓を開けても眺めはよくない。狭い路地に面しているから、すぐ隣の店舗の壁しか見えなかった。

「広翔はここで寝起きしているんだな」

立石が感慨深げに部屋の中を見回す。とくに見られて困るものは置いていなくとも、なんだか気恥ずかしかった。

一階の居間での話しあいが終わったあと、帰ろうとした立石を茂則が引き留めた。夕食は近所の寿司屋から出前でも頼むから食べていけ、と言って。祖父は立石を孫の恋人として扱うことに決めたようだ。そのとき、もう「社長」とは呼ばず、「尚行」と呼び捨てにした。立石は微苦笑しただけでなにも言わなかった。

広翔がベッドに腰掛けると、立石も横に座った。なんとなく引き寄せられるようにして唇を重ねる。

「まだ赤いな」

泣いたせいで目のまわりが赤く腫れている。立石の指がそっと触れてきて、広翔は目を閉じた。

ここで暮らすのも、もうすぐ終わるかもしれない。

ついさっき、広翔が立石を連れて二階に上がろうとしたとき、茂則の携帯電話が鳴った。すぐに応答した茂則の様子から、商店街の仲間からだとわかる。「もう潮時だろ」と静かな口調で言ったのが聞こえた。たぶん、祖父は立ち退き交渉をはじめる。

立石にも聞こえていたようで、擦り寄ると大丈夫だよとでも言いたげな力強さで抱きしめてくれる。

「キスしてもいいか？」

いちいち聞かなくてもいいのに、と広翔は自分から立石の顔を寄せた。優しく唇を吸われてうっとりする。ここではキス以上のことをするつもりはないことが、立石から伝わってきた。スイッチを押されたら広翔は衝動に抗えなくなるが、一階には祖父がいる。いつ階段を上がってくるかもわからない。許されたとはいえ、そんな破廉恥な行為に及ぶのは止めた方がいい。そういう点で広翔と立石は意見が一致するから安心だ。

ベッドに押し倒されて、立石の重みを受け止めながら、広翔は笑みがこぼれた。

「広翔、大切にする」

「うん、ありがと。好き」

立石の囁きにキスで返し、穏やかな幸福感に浸った。

おわり

あとがき

こんにちは、またははじめまして、名倉和希《なくらわき》です。十七冊目のリンクスロマンス「溺愛社長のまっすぐすぎる純愛」を手に取ってくださって、ありがとうございます。

担当編集者いわく、これは「溺愛シリーズ」のうちの一冊らしいです。いかがでしたでしょうか。

攻めの変人具合がちょっと温《ぬる》かったかなと反省しています。でもあまり行き過ぎると、担当編集者から「もっと攻めをカッコよく書いてください」と言われてしまうのです。

今回は子供に動物をプラスしてみました。憧れの大型犬ですよ。生活に余裕がないと飼えない大型犬。家は広くないといけないし、餌代だってトリミング代だって小型犬よりずっとお金がかかります。運動させるには大変な労力だって必要とするでしょう。飼い主、大変。

私は信州《しんしゅう》に住んでいるのですが、犬を飼っている家が多いように思います。我が家も十四歳になるミックス犬を外飼いしています。愛知県《あいちけん》の実家で生まれ、生後五ヶ月ほどではるばる信州まで運ばれてきました。

信州の冬は寒いので愛知県生まれの犬は生き残れるかなと心配していましたが、杞憂でした。日本犬ベースのミックス犬なので、寒さは平気でした。むしろ真夏の暑さにバテてしまう。もう高齢なので、ここ数年は毎年夏を越えられるかどうか心配しています。

つい先日、車で買い物に行ったとき、助手席にラブラドールレトリバーが座っている軽自動車と遭遇しました。運転席にいるきれいな女性とおなじくらいの顔の大きさです。

「おお、賢そうなラブラドールだ」と、ついじっと観察してしまいました。

よく見てみると、なんと後部座席にもデカい犬の顔が、ひとつ、ふたつ、みっつ……。三頭も乗っていました。セントバーナードらしき犬もいて、びっくり。みんなで買い物か？　家に帰って娘にその話をしたら、「それって元は人間だったんじゃないの」とアホなことを。根は真面目な私は、「人間だったら定員オーバーだよ」と返してしまいました。もっとうまい切り返しがあっただろうに。

今回のイラストは兼守《かねもり》美行《みゆき》さんにお願いしました。三度目です。私の溺愛シリーズは兼守さんのイラストなくしては成立しません。いつも美しくて幸せそうなイラストを描いてくださって、どうもありがとうございます。

さて、内容についてもうすこし。ハッピーグッド商店街はこのあとすべての住民と立ち退き交渉が成立し、再開発の工事に入ります。広翔《ひろと》は立石《たていし》が用意したピアノ付きマンションに移り住みますが、お祖父《じい》さんは地元からあまり離れたくなかったので、商店街の仲間たちの多くが入居した近所のアパートに入ることにします。一人暮らしになるわけですが、おなじアパートに顔見知りが何人もいるので寂しくはないでしょう。

そして広翔のところへは立石が足繁く通うので、こちらも寂しく感じる暇はないと思われます。立石はせっせと家事を片付け、広翔は新品のグランドピアノをいつでも弾ける状況が嬉しくて練習に没頭しそうです。

立石は、広翔が大学を卒業するころには郊外に一軒家を購入して、同棲することを考えているでしょう。もちろんピアノ付きでレイコが自由に走り回れる広い庭もあります。小学生になった光流《ひかる》がときどき遊びに来ては広翔にべったり甘えて、立石がキーッてなりそうです。

本編で書ききれなかったのですが、秘書の菱田《ひしだ》は光流の母親の歌織《かおり》と大人の関係です。熱烈に愛し合っているほどではなく、歌織が帰国したときに会う感じで細く長く続いています。年月を経て、気付いたら無理なくいっしょにいられるのはお互いくらいだなとなって、光流が成人するころに結婚するかもしれませんね。

そして光流の父親。名前すら出てこなかった父親は、ちゃんと設定がありまして、そこそこのイケメンで俳優をやっています。ドラマや映画の主役を張れるほど上手くもなく売れていません。でも性格がよくてスタッフに可愛がられるタイプなので、わりと切れ目なく仕事があり、きちんと食べて行けています。一応ノンケなのですが、隙あらばと狙っている男がちらほら。口説かれても天然なのでスルーしまくり、奇跡的にまだバージンです。いつ、だれに落とされるんでしょうね！　はぁはぁ。

光流は将来、なにになるのでしょうか。伯父の立石のように実業家になるのか、それとも両親のように芸能人になるのか。きっと美少年→美青年になります。成長が楽しみです。

思いつくままにいろいろと書いていたら、紙面が尽きてまいりました。ここまでお付き合いくださり、ありがとうございます。

昨年に引き続き、今年もコロナ禍で思うように動けない日々ですね。楽しくてホットなＢＬを読んで、ストレスを発散しましょう。

妄想の中なら自由です。どこにでも行けるし、だれにでも会えます。３Ｐや４Ｐで密になっても平気です。都合のいいことに、どれだけエロい妄想を脳内でくりひろげてそれが顔に出てしまっていたとしても、マスクをしているから大丈夫。誰も気付きやしません。

それでは、みなさん、またどこかでお会いしましょう。

名倉和希

溺愛パパのじれったい初恋

できあいぱぱのじれったいはつこい

名倉和希

イラスト：兼守美行

本体価格870円+税

家族を亡くし親戚に厄介者扱いされていた孤独な少年・優輝は、ある日突然、遠縁の親戚だと名乗る泰成に引き取られることになった。老舗旅館の次男で、若くして独立しホテル経営者として成功を収める泰成は他の親戚とは違い、厄介でしかないはずの優輝を優しく気遣ってくれる、当時中学二年だった優輝にとって、眩し過ぎるほど素敵な大人の男性だった。血は繋がらずとも、穏やかで幸せな家族の時間を泰成と過ごし五年、大学生になった優輝は、泰成を“家族”以上に“好き”だと自覚していた。誰にも伝えず、そっと想いを秘め続けようとするが？

溺愛社長×健気な少年の幸せ両片想いBL！

リンクスロマンス大好評発売中

溺愛陛下と身代わり王子の初恋

できあいへいかとみがわりおうじのはつこい

名倉和希

イラスト：北沢きょう

本体価格870円+税

天涯孤独で俳優志望な大和は、希望のない日々に鬱屈としていたところ、突然異世界に召喚される。ふたつの月が輝く世界で出会ったのは、西の大国レイヴァース王国の王アリソン・レイヴァース。若くして王位を継いだという優しそうな彼に、大和は国の危機を救うため、行方不明の「王子」の身代わりになってくれと頼まれる。俳優らしく王子という「役」になりきってみるという形で協力することになった大和。アリソンに守られながら側近くで共に時を過ごすうち、二人の距離は徐々に縮まって……？

癒しのモフモフも登場の大人気・異世界トリップファンタジー♡

婚活社長にお嫁入り

こんかつしゃちょうにおよめいり

名倉和希
イラスト：兼守美行

本体価格870円+税

平凡で子供好きな大学生・三澤永輝は、姉がバツイチ子持ち社長と政略的な見合いをさせられると知り、そんな縁談は許せないと、勇んで見合いの席に乗り込んだ。しかしそこにいたのは、永輝好みの、眼鏡が似合う理知的で精悍な男性だった。三十五歳で大手宝飾品会社の社長を務める佐々城博憲は、五歳の息子・隼人のために、再婚相手を探しているのだという。そんな中、滅多に他人に心を開かない隼人と仲良くなったことで、佐々城家の子守りバイトを頼まれた永輝。誠実で優しい博憲と、賢く素直な隼人、二人との生活の中で、今まで知らなかった、安らぎと温もりを感じる永輝だったが――？

リンクスロマンス大好評発売中

恋する花嫁候補

こいするはなよめこうほ

名倉和希
イラスト：千川夏味

本体価格870円+税

両親を事故で亡くした十八歳の春己は、大学進学を諦めビル清掃の仕事に就いて懸命に生きていた。唯一の心の支えは、清掃に入る大会社のビルで時折見かける社長の波多野だった。住む世界が違うと分かりながらも、春己は紳士で誠実な彼に惹かれていく。そんなある日、世話になっている親戚夫妻から、ゲイだと公言しているという会社社長の花嫁候補に推薦される。恩返しになるならとその話を受けようとしていた春己だが、実はその相手が春己の想い人・波多野秀人だと分かり……!?

小説原稿募集

リンクスロマンスではオリジナル作品の原稿を随時募集いたします。

募集作品

リンクスロマンスの読者を対象にした商業誌未発表のオリジナル作品。
（商業誌未発表のオリジナル作品であれば、同人誌・サイト発表作も受付可）

募集要項

＜応募資格＞
年齢・性別・プロ・アマ問いません。

＜原稿枚数＞
４５文字×１７行（１枚）の縦書き原稿、２００枚以上２４０枚以内。
※印刷形式は自由。ただしＡ４用紙を使用のこと。
※手書き、感熱紙不可。
※原稿には必ずノンブル（通し番号）を入れてください。

＜応募上の注意＞
◆原稿の１枚目には、作品のタイトル、ペンネーム、住所、氏名、年齢、電話番号、メールアドレス、投稿（掲載）歴を添付してください。
◆２枚目には、作品のあらすじ（４００字～８００字程度）を添付してください。
◆未完の作品（続きものなど）、他誌との二重投稿作品は受付不可です。
◆原稿は返却いたしませんので、必要な方はコピー等の控えをお取りください。
◆１作品につき、ひとつの封筒でご応募ください。

＜採用のお知らせ＞
◆採用の場合のみ、原稿到着後6カ月以内に編集部よりご連絡いたします。
◆優れた作品は、リンクスロマンスより発行させていただきます。
原稿料は、当社既定の印税でのお支払いになります。
◆選考に関するお電話やメールでのお問い合わせはご遠慮ください。

宛先

〒151-0051
東京都渋谷区千駄ヶ谷４−９−７
株式会社　幻冬舎コミックス
「リンクスロマンス　小説原稿募集」係

LYNX ROMANCE

イラストレーター募集

リンクスロマンスでは、イラストレーターを随時募集いたします。

リンクスロマンスから任意の作品を選び、作品に合わせた
模写ではないオリジナルのイラスト（下記各1点以上）を描いてご応募ください。
モノクロイラストは、新書の挿絵箇所以外でも構いませんので、
好きなシーンを選んで描いてください。

1 表紙用 カラーイラスト

2 モノクロイラスト（人物全身・背景の入ったもの）

3 モノクロイラスト（人物アップ）

4 モノクロイラスト（キス・Hシーン）

募集要項

＜応募資格＞

年齢・性別・プロ・アマ問いません。

＜原稿のサイズおよび形式＞

◆Ａ４またはＢ４サイズの市販の原稿用紙を使用してください。
◆データ原稿の場合は、Photoshop（Ver.5.0 以降）形式でＣＤ－Ｒに保存し、
出力見本をつけてご応募ください。

＜応募上の注意＞

◆応募イラストの元としたリンクスロマンスのタイトル、
あなたの住所、氏名、ペンネーム、年齢、電話番号、メールアドレス、
投稿歴、受賞歴を記載した紙を添付してください（書式自由）。
◆作品返却を希望する場合は、応募封筒の表に「返却希望」と明記し、
返却希望先の住所・氏名を記入して
返送分の切手を貼った返信用封筒を同封してください。

＜採用のお知らせ＞

◆採用の場合のみ、６カ月以内に編集部よりご連絡いたします。
◆選考に関するお電話やメールでのお問い合わせはご遠慮ください。

宛先

〒151-0051 東京都渋谷区千駄ヶ谷４−９−７
株式会社　幻冬舎コミックス
「リンクスロマンス　イラストレーター募集」係

この本を読んでの
ご意見・ご感想を
お寄せ下さい。

〒151-0051
東京都渋谷区千駄ヶ谷4-9-7
(株)幻冬舎コミックス　リンクス編集部
「名《な》倉《くら》和《わ》希《き》先生」係／「兼《かね》守《もり》美《み》行《ゆき》先生」係

リンクス ロマンス

溺愛社長のまっすぐすぎる純愛

2021年6月30日　第1刷発行

著者……………名《な》倉《くら》和《わ》希《き》
発行人…………石原正康
発行元…………株式会社　幻冬舎コミックス
〒151-0051　東京都渋谷区千駄ヶ谷4-9-7
TEL 03-5411-6431（編集）
発売元…………株式会社　幻冬舎
〒151-0051　東京都渋谷区千駄ヶ谷4-9-7
TEL 03-5411-6222（営業）
振替00120-8-767643
印刷・製本所…株式会社　光邦
検印廃止

ISBN978-4-344-84876-4 C0293
Printed in Japan

幻冬舎コミックスホームページ　https://www.gentosha-comics.net